LE
MANUSCRIT D'AREZZO

ÉCRITS INÉDITS DE SAINT HILAIRE

ET

PÈLERINAGE D'UNE DAME GAULOISE

DU IVᵉ SIÈCLE AUX LIEUX SAINTS

PAR

DOM FERNAND CABROL

BÉNÉDICTIN DE LA CONGRÉGATION DE FRANCE

EXTRAIT DE LA *REVUE DU MONDE CATHOLIQUE*

PARIS

SOCIÉTÉ GÉNÉRALE DE LIBRAIRIE CATHOLIQUE

Victor PALMÉ, Directeur général

76, rue des Saints-Pères, 76

BRUXELLES | **GENÈVE**

SOCIÉTÉ BELGE DE LIBRAIRIE | HENRI TREMBLEY

12, rue des Paroissiens, 12 | 4, rue Corraterie, 4

1887

LE

MANUSCRIT D'AREZZO

ÉCRITS INÉDITS DE SAINT HILAIRE

ET

PÈLERINAGE D'UNE DAME GAULOISE

DU IVe SIÈCLE AUX LIEUX SAINTS

LE
MANUSCRIT D'AREZZO

ÉCRITS INÉDITS DE SAINT HILAIRE

ET

PÈLERINAGE D'UNE DAME GAULOISE

DU IVe SIÈCLE AUX LIEUX SAINTS

PAR

DOM FERNAND CABROL

BÉNÉDICTIN DE LA CONGRÉGATION DE FRANCE

EXTRAIT DE LA *REVUE DU MONDE CATHOLIQUE*

PARIS

SOCIÉTÉ GÉNÉRALE DE LIBRAIRIE CATHOLIQUE

Victor PALMÉ, Directeur général

76, rue des Saints-Pères, 76

BRUXELLES

SOCIÉTÉ BELGE DE LIBRAIRIE

12, rue des Paroissiens, 12

GENÈVE

HENRI TREMBLEY

4, rue Corraterie, 4

1887

LES ÉCRITS INÉDITS DE SAINT HILAIRE DE POITIERS

I

HISTOIRE DU MANUSCRIT D'AREZZO

Les études sur l'histoire et l'archéologie chrétiennes viennent de s'enrichir d'une importante découverte, due à M. le chevalier Gamurrini, directeur de la bibliothèque de la confrérie de Sainte-Marie, à Arezzo. L'heureux archéologue a trouvé dans cette bibliothèque un manuscrit contenant quelques pièces de la plus haute valeur; ce sont deux ouvrages inédits de saint Hilaire et le récit d'un pèlerinage en Orient et aux lieux saints, fait par une pieuse dame du quatrième siècle.

Donnons quelques détails sur le manuscrit avant d'en examiner le contenu. Il est écrit sur parchemin et contient trente-sept feuillets. Les caractères appartiennent à l'écriture connue en paléographie sous le nom de bénéventine ou longobardo-cassinienne, qui fut en usage en Italie et en particulier au Mont-Cassin, du neuvième au douzième siècle (1). Après un examen attentif du manuscrit, le savant bibliothécaire a reconnu qu'il n'est pas tout entier de la même main. Les quinze premiers feuillets qui comprennent les ouvrages de saint Hilaire diffèrent par l'orthographe, l'écriture et la disposition des lignes des vingt-deux derniers feuillets renfermant le voyage aux lieux saints. Néanmoins les deux rédactions paraissent dater à peu près de la même époque, le milieu du onzième siècle.

Aux caractères du manuscrit d'Arezzo, M. Gamurrini pressentit qu'il pouvait avoir une origine étrangère, et il n'a rien négligé pour arriver à établir sa provenance. Ses recherches patientes, servies par

---

(1) On trouvera un spécimen de cette écriture dans l'édition qu'a donnée du manuscrit M. Gamurrini et que nous citons ci-dessous.

une habile érudition, l'ont amené à des résultats intéressants qu'il expose dans son introduction. Aucun catalogue connu de manuscrits ne mentionne le traité de saint Hilaire et ses hymnes, ni la *Peregrinatio ad loca sancta*, sauf un catalogue de la bibliothèque du Mont-Cassin, composé vers 1532. En remontant dans l'histoire de la célèbre abbaye, M. Gamurrini découvre que, en 1070, un de ses bibliothécaires, Léon d'Ostie, a cité dans sa chronique les deux écrits de saint Hilaire; et son successeur Pierre Diacre, dans son livre des *Lieux saints*, a fait de larges emprunts à la *Peregrinatio*. Il demeure donc à peu près certain que le manuscrit a été composé dans ce monastère. Après la mention au catalogue de 1532, on en perd la trace. Vers 1650, un abbé du Mont-Cassin, le savant Angelo de Nuce, qui fouilla tous les manuscrits de la bibliothèque et en dressa l'inventaire, ne parle pas de celui qui nous occupe.

Mais pendant qu'il disparaît au Mont-Cassin, on le voit apparaître sur un autre point. Angelo de Constantia, voyageur érudit qui visita un grand nombre de bibliothèques d'Italie, s'arrêta à Arezzo vers 1788, et dans la bibliothèque d'un monastère de cette ville, l'abbaye des Saintes Flore et Lucille, il trouva notre manuscrit et en fit mention dans son voyage scientifique (1). Du reste, il n'eut pas le temps de l'étudier et ne semble pas se douter du trésor qu'il laissait à exploiter à des chercheurs plus habiles.

Reste à expliquer maintenant comment du Mont-Cassin ce volume est venu à Arezzo. Il faut remarquer que l'abbaye de Sainte-Flore d'Arezzo entretenait d'intimes relations avec celle du Mont-Cassin, si bien que des abbés du Mont-Cassin purent devenir abbés de Sainte-Flore. Ce fut le cas d'Ambroise Rostrellini, qui, de 1599 à 1602, fut abbé du Mont-Cassin et se retira ensuite dans l'abbaye ombrienne où il exerça la même charge en 1610.

M. Gamurrini conjecture avec beaucoup de vraisemblance que ce fut le savant abbé qui transporta le manuscrit dans sa nouvelle abbaye, sans doute en vue de l'éditer; mais il fut prévenu par la mort, qui arriva en 1611. Notre intéressant *codex* n'était pas au bout de ses pérégrinations. En 1810, Napoléon chassa les religieux de Sainte-Flore : une partie de leurs manuscrits et de leurs livres fut dispersée, l'autre fut recueillie dans la bibliothèque de la confrérie de Sainte-Marie. De ce nombre était le document en question, qui

---

(1) *L'odeporico nell' archivio stor. per le Marche e l'Umbria*, vol. II, p. 557.

malheureusement a perdu quelques-uns de ses feuillets à travers
les péripéties de son voyage. C'est là que le bibliothécaire actuel a
eu la bonne fortune de le découvrir (1). Il en a fait une étude approfondie, dont il a consigné les conclusions dans divers articles et
dans une communication à la conférence d'archéologie chrétienne
dirigée par M. de Rossi, séance du 10 mai 1885 (2). Enfin, il vient
de donner une édition soignée du manuscrit lui-même dans le volume quatrième de la *Biblioteca dell' academia storico-giuridica* (3).
Citons, en outre, parmi les travaux qu'a suscités cette publication, les
articles de M. Kohler (4), de M. l'abbé Duchesne (5) et de M. l'abbé
Davin (6).

Nous voudrions à notre tour faire connaître cette curieuse découverte aux lecteurs de la *Revue*, essayer d'en déterminer la valeur,
et montrer ce qu'elle apporte de nouveau dans l'étude de l'histoire
et de la littérature ecclésiastique.

II

LE TRAITÉ DES MYSTÈRES

Le premier ouvrage contenu dans le manuscrit est le *Traité des
mystères* : il occupe 13 feuillets et, dans l'édition de Gamurrini,
28 pages grand in-4°. Si l'on tient compte des lacunes de notre
manuscrit, on peut dire qu'il égale à peu près en étendue les trois
premiers livres du *Traité de la Trinité* du même docteur. C'est donc,
on le voit, un fragment important dans l'œuvre de saint Hilaire.

On savait depuis longtemps que le grand évêque avait composé
un traité intitulé : *De mysteriis*. Saint Jérome nous l'avait dit dans la
notice qu'il consacre à saint Hilaire (7); mais on n'en possédait pas
le moindre fragment. On conjecturait d'après le titre que c'était un
recueil de pièces liturgiques et que, comme il est arrivé souvent

(1) Ce manuscrit sera inscrit dans le catalogue en préparation sous le
n° VI, 3.

(2) Le premier article est intitulé : *I Misteri e gl' inni di S. Ilario vescovo
di Poitiers ed una peregrinazione ai luoghi santi del quarto secolo*. Le second :
Della inedita peregrinazione ai luoghi santi. Ils ont paru tous les deux dans les
Studii e documenti di storia e diritto, anno II, 1884 et anno VI, 1885.

(3) *S. Hilarii tractatus... et I. Silciæ peregrinatio*. Rome, 1887, in-4°.

(4) *Bibliothèque de l'Ecole des chartes*, t. XLV, p. 141 (1884).

(5) *Bulletin critique* du 1er juillet 1887.

(6) *L'Univers*, 27, 29 septembre; 3, 22, 28 et 31 octobre 1887.

(7) *De script. eccl.*, ch. c.

pour ces sortes d'ouvrages, la désignation de l'auteur s'était perdue pendant que le contenu de son livre entrait dans le domaine officiel de la liturgie (1). Cette conjecture est démentie par la découverte de Gamurrini; le *Traité des mystères* est, comme on va le voir, tout autre chose qu'un livre liturgique. Une étude plus approfondie des écrits de saint Hilaire aurait pu, du reste, fournir une hypothèse plus heureuse. En effet, pour désigner les offices liturgiques, le saint emploie plutôt le terme de *sacramentorum officia* (2), tandis qu'il se sert de celui de *mysteria* dans le sens de figures de la loi nouvelle contenues dans l'Ancien Testament (3). Or le traité des mystères a bien ce dernier sens, il contient l'explication des prophéties et des symboles de l'ancienne alliance et leur application au Christ et à l'Église.

La première question qui se pose est celle-ci, cet ouvrage est-il bien de saint Hilaire? On peut donner des preuves sérieuses en faveur de cette attribution. Il y a d'abord le témoignage de saint Jérôme, que nous citions tout à l'heure. Mais l'ouvrage que nous avons sous les yeux est-il bien celui que vise saint Jérôme? Il faudrait pour le prouver sans réplique que l'on pût apporter une citation de quelque auteur ancien qui se retrouvât dans le présent traité. A défaut de cette citation, nous avons le témoignage du manuscrit lui-même qui se termine par cette rubrique : *Finit Tractatus mysteriorum sancti Hilarii, episcopi;* Cy finit le Traité des mystères, de saint Hilaire, évêque.

Sans doute ces témoignages des manuscrits ne sont pas toujours concluants, et l'on sait des cas où de pareilles attributions n'ont dépendu que de la fantaisie d'un copiste ou du calcul d'un libraire, mais ces fraudes sont presque toujours aisées à découvrir et, en thèse générale, l'argument a une grande valeur.

Enfin le style est bien celui de saint Hilaire dans ses commentaires, d'un tour énergique et beaucoup moins oratoire que dans ses autres ouvrages, mais difficile, compliqué parfois jusqu'à l'obscurité, et toujours marqué d'un cachet très personnel. Ce sont les

---

(1) Dom Coustant, dans son édition de *Saint Hilaire*. (Migne, P. L., t. IX, p. 21-22; et les auteurs de l'*Hist. litt. de la France*, t. I, 2ᵉ partie, p. 191.)

(2) *Tract. in psalm.* LXV *et alibi*.

(3) *De Trinitate*, l. V. — « Apostolicæ doctrinæ veritatem mysteriis suis æmula (lex) præfigurat. » Ce terme est aussi employé dans le même sens par plusieurs auteurs anciens. (Voyez, par exemple, Origène, *homil. II, in Exod.*)

mêmes inversions, les mêmes tournures, souvent les mêmes expressions (1). Il aime les antithèses d'idées et de mots poussées jusqu'à la cadence rimée, les termes abstraits, et ces formes elliptiques, ces périodes enchevêtrées, ces pensées subtiles, qui faisaient dire à saint Jérôme, que la lecture de saint Hilaire n'était pas faite pour les simples d'esprit (2). Ajoutez à cela les exigences d'une langue théologique et philosophique nouvelle pour l'Occident. Saint Hilaire en est à proprement parler le créateur ; le premier, il a plié la langue latine aux discussions dogmatiques et métaphysiques sur la Trinité, la consubstantialité, la personne, la nature, la substance. Il a été pour l'Église latine ce qu'avait été saint Athanase pour l'Église grecque. De là une latinité nouvelle, parfois incorrecte, mais, dans tous les cas, originale et assez facile à reconnaître. La doctrine théologique, la méthode scripturaire, sont aussi conformes à celles de notre grand docteur ainsi que le symbolisme (3). L'hypothèse d'une supercherie littéraire étant d'ailleurs écartée par le caractère de l'ouvrage que l'on n'avait aucun intérêt doctrinal ou polémique à prêter à saint Hilaire, il ne reste aucun motif sérieux d'en contester l'authenticité. On ne trouvera pas inutile que nous nous soyons arrêté un peu longuement sur ce point après les objections que l'on a élevées, à tort ou à raison, au sujet de différentes découvertes ayant pour objet des écrits de saint Hilaire.

Comme œuvre authentique du saint évêque de Poitiers, le *Traité des mystères* a son prix. Beaucoup de ses ouvrages ont péri, et au siècle dernier, ses éditeurs faisaient déjà un appel au zèle des éru-

(1) L'éditeur relève les termes familiers à saint Hilaire de : *præformare*, et *demutare*. Il y aurait un grand nombre d'autres rapprochements caractéristiques à faire. Ainsi *improbabilis*, dans le sens de non approuvé. (Migne, t. IX, p. 272.) — Cf. *Traité des mystères*, p. 7. *Gesta gerenda* ou *futura* pour les choses du Nouveau Testament, par opposition à *gesta* pour l'Ancien Testament. (Migne, t. IX, pp. 274, 285.) — *Traité des mystères*, pp. 9, 10, 16, etc. — *Sacramentum rei* pour *mysterium*, *res abscondita*. (Migne, t. IX, p. 281, etc.)

(2) *Ep.* 13 *ad Paulin.*

(3) Comme exemples frappants de cette conformité, on peut comparer au *Traité des mystères* les commentaires *in psalm.* CXLII, n° 1 (Migne, t. IX, pp. 838 et 833); *in psalm.* CXXV (*ibid.*, p. 685); *in psalm.* II (*ibid.*, p. 274, etc.). — Pour le symbolisme, Esaü, Jacob, Josué, la colombe, etc., sont employés dans le même sens. Cf. Migne, t. IX, pp. 1036, 623, 336; t. X, p. 463. — Voyez encore les rapprochements que nous indiquons plus loin au sujet de la première hymne, sur la manière de saint Hilaire et sa doctrine.

dits pour tâcher de combler ces lacunes regrettables (1). Les pertes ont porté principalement sur les œuvres dans lesquelles saint Hilaire commentait l'Ancien Testament. Ainsi, tandis que les commentaires sur saint Mathieu et sur saint Luc nous permettent de nous faire une idée complète du système de saint Hilaire, comme commentateur du Nouveau Testament (2), ses livres sur Job, sur le Pentateuque, sur le Cantique des cantiques sont perdus, et nous n'avions de lui, sur cette partie de la sainte Écriture, que son commentaire sur les psaumes; encore est-il incomplet. Le *Traité sur les mystères* vient donc bien à propos compléter nos connaissances sur saint Hilaire, exégète de l'Ancien Testament.

Mais c'est à ce point de vue exclusif qu'il faut se placer pour étudier notre manuscrit. On serait bien déçu si l'on y cherchait quelque éclaircissement sur la théologie si intéressante, mais parfois aussi si difficile et si discutée de saint Hilaire. Ce n'est qu'en passant et comme indirectement qu'il s'y occupe des grands mystères de la Trinité, de l'Incarnation ou de la Rédemption. Il le fait toujours avec une grande netteté de termes, quelquefois avec éloquence, mais il ne dit rien qui ne nous soit déjà connu par ses autres ouvrages et souvent beaucoup plus développé dans ces derniers. On n'y trouvera non plus aucun renseignement historique, pas la moindre allusion qui permette d'assigner à ce traité une époque plutôt qu'une autre dans la vie de notre saint.

Cet ouvrage appartient à la littérature symbolique, genre très cultivé par les Pères et par les écrivains ecclésiastiques de l'âge suivant. On peut le rapprocher, pour ne parler que des ouvrages *ex professo* sur la matière, de la *Clef de saint Méliton*, des *Formules* de saint Eucher, des *Distinctions monastiques* de Rhaban-Maur, et de plusieurs autres écrits de même espèce, qui ont pour but d'étudier la signification mystique des personnes, des nombres et des choses de l'Ancien Testament; à la même classe, quoique dans un genre un peu différent, appartiennent encore les physiologues, bestiaires, volucraires, herbiers et lapidaires contenant l'explication symbolique des animaux, des plantes et en général

---

(1) Migne, P. L., t. IX, p. 24.

(2) Nous ne parlons pas des commentaires sur les épîtres de saint Paul que l'on a cru d'abord de saint Hilaire, mais qui doivent définitivement être attribués à Théodore de Mopsueste, comme vient de le prouver entr'autres son dernier éditeur, Swerte. (Cambridge, 1882.)

de tous les êtres animés ou inanimés de la création. Je n'ai pas à
rappeler ici les savants travaux du cardinal Pitra, qui ont remis en
honneur « cette littérature oubliée et à peu près inconnue (1) ». Le
deuxième et le troisième volume du *Spicilegium Solesmense* et
de nombreuses pages des *Analecta Spicileg. Solesm.*, sont consa-
crées à l'étude de la théologie symbolique, de ses règles, de son
histoire, à l'édition et à l'illustration de ses principaux monuments.
Le *Traité des mystères* fournira un nouveau et intéressant chapitre
à l'histoire de cette science ; il conserve au milieu de ces différents
écrits son caractère particulier. Ce n'est pas un simple dictionnaire,
mais un traité développé, d'une forme plus littéraire, plus person-
nelle, où l'ordre historique est substitué à l'ordre logique ou alpha-
bétique, généralement employé dans ces sortes d'ouvrages. Il en
diffère plus encore par le contenu, s'attachant en général, comme
nous l'expliquerons plus loin, à quelques symboles ou figures prin-
cipales pour leur donner un large développement, ne s'arrêtant que
brièvement aux figures secondaires, et donnant beaucoup moins
d'attention à ce symbolisme de détail, que les auteurs qui l'ont précédé ou suivi.

L'intérêt de ces sortes d'ouvrages est plus général qu'on ne serait
tenté de le croire. Ils servent de clef, d'après l'intention même de
leurs auteurs, pour la lecture de la sainte Écriture, et aussi pour
l'étude des ouvrages des Pères, de leurs traités, leurs homélies,
leurs commentaires, où le symbolisme tient d'ordinaire une grande
place.

Le but que s'est proposé saint Hilaire est clairement énoncé dans
son introduction. Partant de ce principe que l'Ancien Testament
contient l'image et la prophétie de tout ce qui doit arriver dans le
Nouveau, il veut, dit-il, suivre la série des temps depuis Adam, et
montrer dans le passé comme dans un miroir l'image reflétée des
réalités de la nouvelle alliance, de l'avènement de Notre-Seigneur
Jésus-Christ, de sa prédication, de sa passion, de sa résurrection et
de l'Église (2). Dans la suite, il revient souvent sur la même idée
et emploie pour désigner ce parallélisme entre les deux Testaments,
les termes qu'il affectionne de *præformatio*, *præfiguratio*, pré-
formation, préfiguration, ou encore *exempla*, *sacramenta futu-
rorum*, exemplaires ou signes des choses à venir. C'est la thèse

(1) *Analecta sacra spicilegio solesmensi*, t. II, p. 500.
(2) Gamurrini, p. 3.

qu'il s'est proposé de traiter dans son livre. Il le divise en deux parties : dans la première, il passe en revue la série des patriarches, Adam et Ève, Caïn et Abel, Lamech, Seth, Noé (1), Esaü et Jacob, enfin Moïse et les Hébreux au désert. Dans la seconde partie, saint Hilaire promet d'étudier les types des prophètes; mais nous ne possédons dans le manuscrit que l'explication du mystère d'Osée et de l'épouse de fornication, et du mystère de Rahab (2).

Du reste, notre docteur ne se borne pas à démontrer que ces différents personnages sont la figure du Christ ou de l'Église; son symbolisme s'étend quelquefois jusqu'aux plus petits détails du texte sacré. Ainsi, l'étole représente pour lui le vêtement d'immortalité; les oiseaux représentent les hommes vains; les bêtes féroces représentent les hommes cruels; les serpents sont les hommes fallacieux; le buisson qui ne se consume pas au milieu des flammes, c'est l'Église qui souffre les persécutions sans y succomber; le champ figure tantôt le siècle et tantôt l'abondance des bonnes œuvres; la colombe sortant de l'arche est l'image des apôtres et des disciples sortant de l'Église pour aller prêcher la doctrine; le rameau d'olivier qu'elle rapporte dans son bec, c'est le symbole de la victoire remportée par les prédicateurs de la foi sur les esprits immondes, etc. Car, répète souvent notre interprète, tout dans la sainte Écriture est fait pour notre instruction, et partout nous y devons retrouver cette pensée de la rédemption et de notre salut, pensée qui doit faire la nourriture habituelle de nos âmes.

Il ne faut pas croire que dans ces allégories le saint évêque se laisse aller aux fantaisies de son imagination. Il s'appuie souvent pour faire ces rapprochements sur le texte même de l'Évangile ou de saint Paul (3), ou encore sur la tradition qui employait, depuis longtemps, la plupart de ces symboles. Il énonce ce principe, qu'il faut apporter dans la recherche du symbolisme un esprit assez grave et une attention assez soutenue, pour discerner dans la sainte Écriture ce qui doit être expliqué simplement (littéralement), et ce

(1) Il y a, à cet endroit du manuscrit, une lacune d'une vingtaine de pages. Mais la rubrique finale permet d'établir que, dans ces pages, l'auteur étudiait les types d'Abraham et d'Isaac.

(2) Il y a ici une nouvelle lacune de 32 pages. D'après la rubrique citée ci-dessus, saint Hilaire y étudiait le type d'Hélie.

(3) Par exemple, pp. 4, 23 et 24.

qui doit l'être allégoriquement ; il s'élève contre ceux qui s'arrêtent
à de vagues similitudes (1).

On a donc dès maintenant une idée de l'ouvrage de saint Hilaire
et de sa méthode. Déjà d'après ses autres travaux, on n'ignorait pas
qu'il avait souvent imité Origène, le grand maître de l'exégèse biblique pour l'Occident, et, il faut le dire, en général pour toute
l'Église. Il avait même traduit quelques-uns de ses ouvrages (2).
Mais il connaissait ses défauts et ses erreurs, et saint Jérôme a pu
dire de lui qu'il a bien su faire le départ entre ce qu'il y a de
nuisible et de bon dans l'œuvre du docteur alexandrin (3). Il ne
le copie pas servilement, et selon le témoignage du même auteur,
il y a ajouté bien des choses tirées de son propre fond (4). C'est
aussi la remarque que l'on peut faire sur le *Traité des Mystères*.
L'auteur a emprunté beaucoup à Origène tout en s'écartant de lui sur
bien des points et en conservant son originalité. Citons quelques
exemples qui nous donneront l'occasion de mieux saisir le sens et
la portée de l'ouvrage de saint Hilaire. Celui-ci voit, comme Origène, dans la verge de Moïse qui adoucit les eaux amères de Merrha,
l'image de la croix du Sauveur adoucissant le cœur des infidèles
et les amenant à la suavité de la foi (5). Tous deux trouvent dans
les douze fontaines et les soixante-dix palmiers du désert la figure
des douze apôtres et des soixante disciples (6) ; dans l'Arche de Noé,
la figure de l'Église (7) ; dans le soir, la fin des temps (8) ; dans
Rahab et dans la fille de Pharaon, l'Église de la Gentilité (9), etc.

Sans doute, on pourrait dire à première vue que ces rencontres
singulières dont il eût été facile d'allonger la liste, prouvent simplement que les deux auteurs ont puisé au fond commun de la
tradition ecclésiastique. En effet, beaucoup de ces symboles se
retrouvent dans la *Clef de saint Méliton*, et ils ont été employés par
plusieurs écrivains (10) ; ils étaient même si populaires qu'un certain

---

(1) P. 26 et p. 3.
(2) *Hist. litt. de la France*, t. 1 (2ᵉ partie), pp. 183 et 188.
(3) *Ep.* 62 *ad Theophilum :* « Noxia quæque detruncans, utilia transtulit. »
(4) Saint Jérôme, *Script. eccl.*, ch. c.
(5) Gamurrini, pp. 18, 19. — Cf. Origène, *in Exod. homil.* VII apud *Migne*,
P. G., t. XII, pp. 341-342.
(6) Gamurrini, p. 20 ; Origène, *ibid.* — Migne, *l. c.*, p. 343.
(7) Gamurrini, p. 10 ; Origène. — Migne, *l. c.*, p. 169.
(8) Gamurrini, p. 20 ; Origène. — Migne, *l. c.*, p. 348.
(9) Gamurrini, pp. 16 et 17 ; Origène, *l. c.*, pp. 819 et 308-309.
(10) Sur la question de l'authenticité de saint Méliton et l'emploi de ce

nombre se rencontrent sur les fresques des catacombes et dans les prières de la liturgie, tant cette langue mystérieuse et poétique avait de charme pour nos pères, qui y trouvaient réuni sous des formes vives et frappantes tout l'enseignement du christianisme. Mais il y a dans certains passages du *Traité des mystères* plus qu'une coïncidence fortuite avec Origène ; l'identité est de telle nature que l'un des deux auteurs a évidemment eu sous les yeux le texte de l'autre.

Voici, par exemple, comment le célèbre Alexandrin interprète la figure de Noé : « Le nom de Noé signifie repos en Hébreu... Or ce nom ne convient pas à Noé, qui n'a pas donné le repos à la terre, mais dont la vie au contraire s'est écoulée au milieu des temps les plus troublés. Le Saint-Esprit a donc en vue dans ce passage le Christ Jésus, qui a donné la véritable paix à la terre... qui a dit : «Venez à moi vous tous qui travaillez et qui êtes surchargés », etc. (1). Saint Hilaire emploie le même raisonnement pour prouver que dans ce texte il est question non pas de Noé, qui n'a pas su donner le repos à la terre, mais bien de Notre-Seigneur, qui a donné ce vrai repos et qui a dit : « Venez à moi... » etc. (1).

Au sujet de la manne, saint Hilaire dit qu'on pouvait la ramasser pendant six jours, mais qu'on ne pouvait le faire le septième jour, ce jour étant celui du repos. Or ces six jours, selon notre exégète, signifient la durée de la vie humaine, pendant laquelle on doit accumuler les bonnes œuvres, afin que le septième jour, qui est celui de l'éternité, on puisse jouir dans le repos du fruit de ses œuvres. Cette interprétation se trouve déjà tout au long dans Origène. Celui-ci ajoute, exactement comme le fera saint Hilaire, que si un Juif recueillait la manne au-delà de ses besoins, le surplus se corrompait, Dieu voulant montrer par là que si l'on recueille en ce monde au-delà de ses besoins, ces vaines richesses deviendront la pâture des vers et ne nous serviront de rien pour l'éternité (2).

symbolisme dans les anciens âges, voir les ouvrages du cardinal Pitra déjà cités : SPICIL. SOLESM., t. III. (*Prolegomena de re symbolica*, p. 8 et seq.). — ANALECTA SACRA, t. II, p. 585 et seq. — Dans une savante dissertation insérée dans la *Revue du Monde Catholique* : *la Clef de saint Méliton et la critique allemande* (t. LXXXIII, p. 663, 1885), dom Legeay a montré que la plupart des formules de saint Méliton sont d'un usage courant au deuxième et au troisième siècle.

(1) Origène, *homil.* II, *in Genes.* (Migne, P. G., t. XII, p. 168-169. Cf. Gamurrini, pp. 10-11.)

(2) Gamurrini, pp. 21-22. — Cf. Origène. *homil.* III, *in Exod.* (Migne, t. XII, pp. 346-347.)

Ces exemples nous semblent suffire pour établir sans conteste l'emploi que notre auteur fait d'Origène (1). C'est une preuve nouvelle que saint Hilaire, comme plus tard saint Ambroise, saint Jérôme et Rufin, a contribué à faire passer dans l'Église latine l'œuvre du grand Alexandrin, après un triage scrupuleux qui a intercepté au passage les erreurs et les excès du maître. La littérature théologique de l'Occident, déjà si riche en œuvres de mérite, ne comptait cependant aucun interprète de la sainte Écriture qui, par le nombre et la valeur de ses ouvrages, pût rivaliser avec Origène, et l'on ne craignit pas de se mettre à son école.

Cependant il ne manquait pas de gens qui, à cette époque comme au temps d'Origène, ne voulaient pas de ce sens figuré et s'attachaient exclusivement au sens littéral. Saint Hilaire les avait combattus plusieurs fois dans son *Traité des psaumes*, tout en faisant ses réserves sur les excès du symbolisme (2). On sent que dans le *Traité des mystères*, notre saint vise plusieurs fois les mêmes adversaires, ce qui l'amène à exposer nettement sa doctrine sur l'interprétation des livres saints, comme nous l'avons montré, et à fortifier sa thèse par les plus solides arguments.

Quant à la question encore si discutée des versions latines de la Bible avant saint Jérôme, nous pouvons dire, sans entrer dans des développements qui nous entraîneraient trop loin, que le présent écrit n'apporte aucune donnée nouvelle. Comme dans certains cas saint Hilaire cite la sainte Écriture de mémoire et que dans d'autres il traduit lui-même librement sur le texte grec des Septante ou du Nouveau Testament, on comprend qu'il est impossible de rien conclure des divergences que présentent ses citations avec les textes déjà connus, quelquefois même avec des textes cités par lui sous une forme différente (3).

(1) Aussi croyons-nous pouvoir dire, avec assez de vraisemblance, que la première lacune de notre manuscrit peut être comblée par les homélies d'Origène sur la Genèse, de IV à X. (Migne, t. XII.)

(2) Voir, par exemple, *Tract. in psalm.* cxxv et *in psalm.* cxlii.

(3) Relevons, comme exemple, ces deux citations du *Traité des mystères :* « Veh his qui rident quia flebunt et beati lugentes quia consolabuntur. » (Math., c. v, v. 4.) — Gamurrini, p. 8; et : « Non veni pacem mittere sed divisionem. » (Math., c. x, v. 34.) — Dans ses œuvres éditées, il cite ces deux textes de la façon suivante : « Beati lugentes quoniam ipsi consolabuntur. » (Migne, P. L., t. IX, p. 932); et : « Non veni pacem mittere sed gladium. » (*Ibid.*, p. 975) — D. Constant donne d'autres exemples de ces citations divergentes. (Migne, t. IX, p. 279.)

En somme, cet ouvrage de saint Hilaire est un monument d'un grand intérêt non seulement pour l'histoire de l'exégèse biblique et de la littérature ecclésiastique en général, mais encore pour l'archéologie chrétienne, qui trouvera sans doute matière à rapprochements instructifs entre les monuments figurés et cette sorte de manuel du symbolisme chrétien.

III

LES HYMNES

Le traité des mystères est suivi de trois hymnes qui, dans le manuscrit d'Arezzo, sont également attribuées à saint Hilaire. Ces pièces nouvelles sont d'autant plus intéressantes que l'authenticité des hymnes de saint Hilaire, en général, est une question très controversée, dans laquelle la découverte de M. Gamurrini apporte un élément nouveau (1). L'étude de ces hymnes pourra de plus aider à résoudre le problème encore assez obscur des origines de la poésie liturgique dans l'Église latine.

Des témoignages souvent cités nous apprennent que saint Hilaire a composé des hymnes. Saint Jérôme et le 13e canon du IVe Concile de Tolède, en 633, le disent formellement (2). Saint Isidore ajoute que l'évêque de Poitiers fut le premier qui composa des hymnes (3). Le premier, en effet, il a tenté d'introduire dans l'Église latine ce genre de poésie liturgique, depuis longtemps en usage dans l'Orient. Durant son séjour dans cette partie de l'Empire, notre saint docteur put entendre les hymnes grecques chantées dans toutes les églises. Il dut être surtout frappé de ce fait que les Ariens composaient des hymnes populaires, sortes de chansons qui pénétraient facilement dans le peuple et lui apprenaient l'hérésie (4). Il semble que ce soit cette circonstance qui ait déterminé le grand adversaire de l'arianisme

---

(1) On trouve les hymnes attribuées à saint Hilaire dans les recueils de Möne : *Hymni latini medii œvi*, et de Daniel : *Thesaurus hymnologicus*. Les auteurs de l'*Hist. litt. de la France*, qui reproduisent l'opinion de dom Coustant, éditeur de *Saint Hilaire*, ne reconnaissent guère que l'authenticité de l'hymne de notre saint à sa fille Abra : *Lucis largitor optime*. Ebert, dans son *Hist. de la litt. du Moyen âge*, t. I, p. 148 (trad. Aymeric et Condamin), et Reinkens, *Hilarius von Poitiers* (Schalfouse, 1864), rejettent même cette dernière.

(2) *De script. eccl.*, c. c.

(3) *Offic. eccl.*, t. I, c. vi.

(4) Sur la nature de ces chants ariens, cf. Thierfelder : *de Christianorum psalmis, et Hymnis usque ad Ambrosii tempora*, p. 16. (Lipsiæ, 1868.)

en Occident à employer à son tour cette arme contre l'arianisme.

La première hymne est divisée dans notre manuscrit en cent seize lignes, qui ne répondent pas toujours à la mesure du vers (1). Elle se compose de vingt strophes acrostiches, c'est-à-dire que la première lettre de chaque strophe correspond à la série des lettres de l'alphabet ; les dernières strophes manquent depuis la lettre T. A l'exception de la première strophe qui est iambique, les autres sont composées de deux glyconiens et de deux asclépiades entre-croisés ; ces derniers sont remplacés quelquefois par le grand alcaïque. Il y a toutefois bien des irrégularités et des licences, lesquelles peuvent peut-être s'expliquer, soit par des fautes du copiste, qui visiblement n'a pas reconnu le mètre employé, soit par la prédominance de l'accent ou du chant sur la quantité (2).

Que penser de l'authenticité de cette hymne et des suivantes? Il faut pour résoudre la question entrer dans quelques développements nécessaires. Ébert, Reinkens, et quelques autres critiques admettent en principe que la poésie hymnique remonte directement, quant à la forme, à la poésie artistique de l'antiquité païenne, et que cette forme classique a dû s'imposer dans toute sa rigueur aux fondateurs de la poésie liturgique latine, à saint Hilaire et à saint Ambroise (3). Ils n'admettent pour cette époque que quatre hymnes de saint Ambroise comme d'une authenticité incontestable ; or, prétendent-ils, dans ces quatre hymnes la quantité est parfaitement observée, et ils partent de là pour établir leur thèse et combattre l'authenticité de toutes les hymnes qui ne seraient pas rigoureusement jetées dans ce moule classique. A ce compte-là, il faudrait écarter hardiment nos trois hymnes. Sans entrer dans les détails que demanderait une telle discussion, disons que ces principes ne sont rien moins que prouvés (4). Pour ce qui est de saint Hilaire en

---

(1) L'éditeur, tout en respectant cette disposition, aurait dû indiquer les coupures par un signe quelconque.

(2) Nous devons cette remarque à l'obligeance du R. P. Joseph Pothier, dont la compétence en ces matières est bien connue, et qui nous signale, dans notre hymne, quelques-uns de ces cas.

(3) Ebert, *l. c,,* pp. 148 et 196. — Le P. Brucker a soutenu à peu près la même thèse. (*Etudes religieuses des PP. Jésuites,* octobre 1875.) — Cf. aussi la récente thèse du P. E. Bouvy sur le *Rythme tonique dans l'Hymnographie de l'Eglise grecque,* p. 376. M. Gaston Boissier qui avait appuyé l'opinion d'Ébert (*Revue critique,* juin 1875) semble l'avoir modifiée dans son étude sur Commodien. *Mélanges Rénier,* p. 52. (1887).

(4) On peut consulter là-dessus le savant travail de M. l'abbé Pimont : *les*

particulier, il serait bien étonnant que cet écrivain qui prend tant de libertés avec la grammaire, se soit montré plus scrupuleux pour la prosodie. De plus, s'il a eu en vue, comme on l'accorde, de répondre aux hymnes populaires des ariens, il est tout naturel qu'il ait adopté lui-même une forme populaire, et relégué au second plan la question de mètre et de quantité. En l'absence d'autres hymnes de saint Hilaire, auxquelles on puisse comparer celles-ci, il sera toujours très difficile, on le comprend, de prouver leur authenticité d'une façon indiscutable; nous avons voulu montrer seulement qu'on ne devait pas trancher à la légère la question par la négative.

Dans tous les cas, le style et la doctrine de la première hymne n'ont rien qui doive nous faire rejeter à priori cette attribution. Si la pensée ne se dégage pas toujours aisément sous cette forme irrégulière et abrupte, au milieu de ces ellipses nombreuses et de ces tours forcés, elle frappe le plus souvent par son énergique concision et sa profondeur. Nous allons résumer cet enseignement à cause de l'intérêt qu'il présente pour la théologie de saint Hilaire, sans nous astreindre à une traduction littérale qui ne rendrait qu'imparfaitement l'original.

Le Fils existe avant tous les siècles; il est Fils de toute éternité, de même que le Père est Père de toute éternité.

« O Fils, continue saint Hilaire, vous êtes deux fois engendré : né de Dieu dans l'éternité; né homme et Dieu tout ensemble de la Vierge.

« En vous le peuple fidèle prie le Dieu inengendré, car vous êtes l'un dans l'autre. Oui, quoique l'esprit humain ne puisse concevoir ce mystère, le Fils est dans le Père, le Père est dans celui qui a été digne d'être engendré par lui.

« Heureux celui qui croit par la foi que du Dieu incorporel est né le premier né de Dieu.

« Comme Père le Dieu véritable a communiqué à son Fils unique tout l'éclat de sa gloire. Ainsi seul véritablement bon, sans jalousie, il a engendré un autre lui-même, reproduisant ainsi sa vive image.

« En cela paraît la vertu divine; le Père a donné tout ce qu'il a sans cependant se priver de ce qu'il a donné, ayant encore, après l'avoir communiqué, tout ce qui lui appartient.

« Enfant chéri de Dieu à qui toute la gloire du Père est connue,

Hymnes du bréviaire romain, t. I et II. Paris, 1874-1878, en particulier t. II, p. XXVI.

tout lui a été donné, car tout ce qui était de Dieu a été engendré.

« La lumière est sortie de la lumière, le vrai Dieu du vrai Dieu, le Fils unique possédant tout ce que possède le Père inengendré.

« C'est une œuvre admirable de Dieu que le Dieu incorruptible qui n'a pas de commencement, étant l'éternelle vertu, ait engendré de lui-même Dieu, et ainsi dans le Dieu unique ce qui est engendré n'a pas de commencement.

« O heureuse unité en deux (personnes), l'un étant dans l'autre, ils sont deux cependant sans sortir de l'unité, puisque ce qui est dans l'un est dans les deux.

« Mais le Fils obéit au Père et se tient soumis à toutes ses volontés, et il n'est pas difficile de savoir ce que veut le Père à qui est près du Fils.

« Combien celui-ci est grand, constitué avant les siècles, au commencement de tout. Dieu antérieur à toutes choses, car par lui tout a été fait, rien n'existant avant qu'il eût créé le monde (1). »

Ici, je le répète, la poésie cède le pas au dogme, mais on ne saurait méconnaître l'élévation du sentiment religieux, la vigueur de la pensée et de l'expression. C'est bien l'hymne liturgique et populaire qu'il fallait opposer aux ariens ; la pensée dogmatique y est quelquefois enfermée dans une formule brève et incisive ; l'insistance même, le retour sur la même pensée, sont voulus pour inculquer plus profondément la doctrine dans l'esprit. Une seule de ces strophes, quelquefois un seul vers, contient en germe toute la réfutation de l'arianisme. Dans son majestueux développement, cette belle hymne semble poursuivre cette erreur à travers toutes ses variétés, dans toutes ses négations, depuis la négation de la consubstantialité du Verbe, de son éternité et de sa puissance, jusqu'à la négation de la Trinité et de la maternité divine de Marie, si gravement compromises par l'hérésie.

La deuxième hymne de notre recueil est aussi acrostiche. Elle

---

(1) Comparez tout cet enseignement à celui qui est exposé dans le *Traité de la Trinité*, l. III, nos 1-26 ; l. IV ; l. VII et XII. (Migne, t. X.) — Comme analogie de style, entre bien d'autres passages, on peut citer le suivant : « Neque qui ita est, ut qualis est, talis et semper sit, ne aliquando non idem sit, potest effici aliquid aliud esse quam semper est... ipse est (Deus) qui quod est non aliunde est : in sese est, secum est, a se est, suus sibi est, et ipse sibi omnia est, carens omni demutatione novitatis, qui nihil aliud quod in se posset incidere per id quod ipse sibi totum totus est, reliquit, etc. » (Migne, t. IX, p. 269.)

comprend dix-huit strophes de deux vers iambiques trimètres (1).
Les cinq premières strophes manquent (2). Quoiqu'il y ait encore
ici un certain nombre de licences, la prosodie paraît mieux observée
que dans l'hymne précédente, ce qui s'explique peut-être par la
forme moins compliquée du mètre iambique. Le style est aussi d'une
allure plus rapide, la composition plus facile. Est-ce à dire, comme
le veut M. Gamurrini, que l'auteur ne soit pas saint Hilaire, mais
une de ses néophytes, sainte Florentia, dont l'histoire a gardé le
souvenir, et qui, dans cette hymne, célébrerait sa conversion au
christianisme? Cette induction est appuyée sur quelques vers où
l'auteur de l'hymne se désigne par le féminin : *Renata sum, chris-
tiana vivo, locata in cœlestibus*, et sur un passage de saint Hilaire (3).
Mais ce texte est assez vague et le féminin pourrait s'expliquer, si
on admet, comme le fait remarquer M. l'abbé Davin (4), que c'est
l'âme chrétienne qui parle par la bouche du poète. En effet, dans
plusieurs strophes, c'est bien l'âme chrétienne qui s'adresse au
corps : *Per hanc (carnem) in altos scandam læta cum meo cœlos
resurgens glorioso corpore.*

« Par cette chair (du Verbe fait homme), je monterai vers le
Très-Haut, ressuscitant joyeuse avec mon corps glorieux. »

Quoi qu'il en soit de cette observation, notre hymne nous paraît
d'une portée bien plus générale que ne le pense l'éditeur. Ce n'est
pas d'une conversion privée qu'il s'agit ici : c'est l'âme chrétienne
qui célèbre le triomphe du Christ sur la mort et sa résurrection,
prélude de notre propre résurrection. C'est un chant pascal composé sans doute en vue de cette solennité : plusieurs strophes s'a-
dressent aux néophytes qui recevaient le baptême dans la nuit de
Pâques et que la liturgie associait étroitement dans une même pensée
à la glorieuse victoire du Christ sur la mort et sur l'enfer. Saint
Fortunat, dans son *Salve festa dies*, a magnifiquement développé

(1) Nous ferons, pour cette hymne et la suivante, la même observation
que ci-dessus : les lignes du manuscrit ne répondent pas au mètre.

(2) Il y a ici une nouvelle lacune de 12 pages. On ne peut assez déplorer
la perte de ces hymnes dont l'ensemble nous eût probablement fixés définitivement sur l'auteur, en nous permettant de constater, par exemple, si le
manuscrit contenait les traits signalés par saint Jérôme et par le Concile de
Tolède pour les hymnes de saint Hilaire. (Saint Jérôme, *De script. eccl.*, c. c et
in ep. ad Gal., l. II, prol.)

(3) Gamurrini, xix.

(4) *Univers*, 27 septembre. Cf. aussi *Bulletin critique*, 1er juillet 1887.

le même thème (1). Notre hymne est d'une facture plus simple, d'une poésie moins brillante, mais elle peut rivaliser avec l'élégant poète par la spontanéité de l'inspiration et la sincérité du sentiment. C'est un de ces chants que la vive intelligence des fêtes liturgiques et de leur sens profond faisait jaillir comme naturellement sur les lèvres chrétiennes.

La mort semble d'abord victorieuse au début de la lutte :

« Tu te réjouis, ô mort, s'écrie le poète, de voir la chair pendante au bois de la croix ; et ces membres fixés par des clous, tu les réclames comme ta part... »

Mais bientôt le combat change de face :

« La lumière éclate dans la vaste nuit. L'enfer tremble avec le gardien cruel du profond Tartare. O mort! tu te sens blessée dans ta loi, quand tu vois que c'est un Dieu qui s'est soumis à toi. »

Cependant l'homme est uni au Christ et triomphe avec lui dans la mort :

« Elle t'a vaincue, ô mort, l'infirmité de notre chair. La nature de notre chair a été étroitement apparentée avec Dieu (2). Par elle, je monterai au ciel, ressuscitant joyeuse avec mon corps glorieux. »

Alors éclate la joie du néophyte dont l'âme vient de recevoir le baptême :

« Je suis née de nouveau, ô bienheureux commencement d'une vie nouvelle! je vis chrétienne sous de nouvelles lois...

« O mort, loin de moi la terreur que tu inspires! Le patriarche me recevra joyeuse dans son sein. Je vivrai désormais dans les cieux, certaine de voir la chair siéger à la droite de Dieu. »

Enfin un chant d'actions de grâces au Christ :

« O Christ, revenu vainqueur dans les cieux, souviens-toi de ma chair dans laquelle tu es né.

« Satan autrefois m'a jalousé jusqu'à la mort, qu'il me contemple maintenant régnant avec toi dans tous les siècles. »

Le recueil se termine par une troisième hymne dont il ne reste que neuf strophes, formées chacune de trois vers trochaïques de

(1) Cf. Daniel, *Thesaurus hymnologicus*, t. I, p. 169. — Comparez avec les autres hymnes, pour la fête de Pâques, dans Mone, *Hymni latini*, t. I, p. 181 et suiv.

(2) En lisant, dans la 9e strophe, *cognata*, au lieu de *connata*, qui cependant peut s'expliquer.

sept pieds et demi (1), où les règles prosodiques ne sont pas plus rigoureusement observées que dans la première hymne.

Le poète veut célébrer les combats dans lesquels Satan, vainqueur du premier Adam, a été à son tour vaincu par le second Adam, Notre-Seigneur-Jésus-Christ. Il nous montre d'abord l'ennemi du genre humain, le père de la mort triomphant dans l'univers entier par le paganisme; les temples et les idoles des faux dieux sont élevés partout, partout des victimes immolées en son honneur.

Tout à coup, au milieu de son triomphe, Satan entend une voix : « Gloire à Dieu dans le ciel et paix sur la terre aux hommes de bonne volonté. » Il s'étonne, il s'effraye à la nouvelle de la naissance si extraordinaire de cet enfant, qui met en joie le ciel et la terre... Il veut savoir qui il est, et va s'enquérant par toute la terre... Enfin, un jour, il rencontre, au désert, Jean qui baptise dans le Jourdain et invite les hommes à la pénitence. Et voilà qu'au milieu des foules qui se pressent autour de Jean, il entend une voix du ciel : « Celui-ci est mon Fils, écoutez-le, c'est mon bien-aimé, en qui j'ai mis toutes mes complaisances... » Cependant, le démon s'aveugle encore, il ne voit qu'un homme, avec un corps semblable à celui de tous les hommes. Il se rassure à cette pensée, il sait que la chair est soumise à la loi de la mort, et la mort est son œuvre. Néanmoins il veut éclaircir ses derniers doutes et poursuit ses recherches... Le poème s'interrompt brusquement ici, nous laissant compléter par nos souvenirs évangéliques les péripéties du drame commencé. Un poète du moyen âge n'aura qu'à s'emparer de ce canevas, à y ajouter quelques incidents, à y introduire la forme du dialogue pour y trouver le sujet d'un *mystère* émouvant.

On voit qu'en dehors d'une réelle valeur littéraire ces hymnes ne manquent pas d'importance au point de vue de l'histoire, de la théologie et de la liturgie. Nous n'avons pu, dans cette étude forcément sommaire, qu'indiquer quelques-unes des questions qu'elles soulèvent. Il est à souhaiter qu'on les étudie plus longuement, qu'on les rapproche pour le sens et la mesure des autres pièces de ce

---

(1) C'est le mètre qu'on assigne d'ordinaire à l'hymne célèbre de Fortunat : *Pange lingua gloriosi lauream certaminis.* Remarquez pourtant sur ce point les observations de M. Gaston Paris, qui y reconnaît plutôt la loi de l'accent. (*Lettre à M. Léon Gautier sur la versification latine.*) Quelques-unes de ces observations s'appliqueraient également à notre hymne.

genre. Peut-être arrivera-t-on par ces comparaisons à mieux fixer la date de chacune de ces poésies et à préciser quelques autres points importants. Il serait à souhaiter que l'on vint à mettre la main sur un manuscrit, plus complet, des hymnes de saint Hilaire : une grave lacune, dans l'histoire liturgique et littéraire, serait comblée par.là même, et on pourrait alors déterminer avec assurance la place de nos hymnes dans la collection.

Après avoir étudié les ouvrages de saint Hilaire, il nous reste à examiner la seconde partie du manuscrit et la plus étendue, qui comprend le voyage d'une pieuse dame du quatrième siècle en Orient et aux lieux saints.

PÈLERINAGE D'UNE DAME GAULOISE

●

DU QUATRIÈME SIÈCLE EN ORIENT

I

LA DATE DU VOYAGE ET SON AUTEUR

Le manuscrit où se trouve relaté le récit du pèlerinage aux lieux saints fut réuni de bonne heure au manuscrit qui renferme le *Traité* et les *Hymnes* de saint Hilaire, et, depuis ce temps, leurs destinées se sont confondues (1). Le premier a dû être rédigé comme l'autre au Mont-Cassin, vers le milieu du onzième siècle, mais l'original sur lequel il a été copié remonte beaucoup plus haut; le style, la latinité, la description du pays et des mœurs, à défaut d'autres renseignements, nous transporteraient au quatrième ou au cinquième siècle. Mais on peut préciser la date à l'aide de certains indices qui se trouvent dans le texte même de la relation.

L'auteur a vu Edesse; d'après sa narration nous constatons que l'église de Saint-Thomas qu'il y a visitée, était encore séparée du tombeau de cet apôtre (2). Or, en 394, le tombeau fut transporté dans l'église par un évêque du nom de Cyr, et il y est demeuré depuis ce temps (3). D'autre part, l'évêque de Carrhes (4) dit

---

(1) Cf. ci-dessus p. 5. — Le manuscrit de la *Peregrinatio* comprend vingt-deux feuillets, c'est-à-dire deux fois à peu près l'étendue du manuscrit de saint Hilaire.

(2) Gamurrini, *Sancti Hilarii Tractatus... et sanctæ Silviæ Peregrinatio*, p. 64.

(3) Assemani, *Bibl. Orient.*, 1, 399.

(4) Ville de la Mésopotamie au sud d'Edesse.

à notre voyageur que la ville voisine de Nisibe et le pays de Hur sont *maintenant* au pouvoir des Perses (1). Mais nous savons que la domination des Perses ne s'étendit sur ces contrées qu'après la malheureuse campagne de Julien l'Apostat et la paix désastreuse de Jovien, en 363. C'est donc après 363 et avant 394 qu'a eu lieu ce voyage.

Il est facile de resserrer encore ces limites extrêmes. On voit, d'après maints passages du récit, que l'Orient, au moment où notre voyageur le parcourt, jouit d'une paix profonde après une persécution. Il parle des églises rétablies, des monastères partout florissants, des confesseurs qui ont autrefois souffert pour le Christ, et qu'il a le bonheur de visiter. Evidemment, cette persécution ne peut être que la persécution arienne de Valens, qui dura de 364 à 378.

Enfin, l'évêque d'Edesse dont nous parle l'auteur, est précisément un de ces confesseurs de la persécution précédente. Dans la série des évêques de cette église, on ne trouve que saint Euloge à qui s'appliquent les renseignements qui nous sont donnés ici, et cet évêque est mort en 387 ou 388. C'est donc définitivement dans cet espace de dix années (378-388) qu'il faut placer le pèlerinage en Orient. M. Gamurrini, d'après une identification dont nous parlerons bientôt, fixe plus positivement la date de 385 à 388, car le voyage a duré trois ans. De retour à Constantinople et avant de rentrer dans sa patrie, notre pèlerin a écrit ses impressions de voyage, et il est facile de voir à la précision du détail et à un certain décousu dans le récit, qu'il n'a guère fait, dans sa rédaction, que recopier les notes prises au jour le jour durant ses pèlerinages (2).

La date fixée, est-il possible de savoir à qui nous devons ces pages intéressantes? Les premiers feuillets du manuscrit qui, sans doute, nous eussent renseignés sur ce point, ont péri. Par ailleurs il n'existe, que nous sachions, aucune allusion à cet ouvrage dans les écrivains anciens. Au onzième siècle, Pierre diacre, le premier

(1) Gammurrini, p. xxvii et 71.
(2) *Ibid*, p. xxxv. — Nous laisserons de côté, comme moins concluantes, quelques autres preuves que l'éditeur apporte pour fixer la date de la *Peregrinatio*, par exemple la loi du secret que l'écrivain observe rigoureusement, ce qu'il dit des moines apotactites, l'usage qu'il fait de la version italique, etc.

qui en ait fait usage, se contente d'en copier des passages dans son livre *De locis sanctis*, sans rien nous apprendre sur l'auteur. Nous pouvons cependant suppléer en partie à ce silence par les renseignements que nous puiserons dans l'ouvrage lui-même.

Nous apprenons, d'abord, que l'auteur est une femme qui écrit pour ses compagnes formant une communauté de vierges ou de saintes femmes. Elle les appelle mes sœurs vénérables, ma lumière, lumière et maîtresses de mon âme. Même dans cet accent de tendresse fraternelle qui règne d'un bout à l'autre du récit, on sent le ton d'une douce autorité; il est bien vraisemblable que celle qui parle est à la tête du monastère. Cette hypothèse acquiert une nouvelle apparence de vérité par ce fait que, dans le catalogue de la bibliothèque du Mont-Cassin, rédigé en 1532, un des manuscrits, qui paraît être le nôtre, commençait par ce mot *Abbatissa*, abbesse, terme qui désignait sans doute l'auteur du voyage.

Ce point une fois admis, on s'explique plus facilement le nombreux cortège de moines, de clercs et d'autres compagnons de route qu'emmène avec elle la voyageuse, et les honneurs extraordinaires qu'elle reçoit partout. Les moines, les prêtres, les évêques, avec leur clergé, vont à sa rencontre, l'entourent avec un empressement mêlé de respect, la reçoivent avec honneur dans les églises et les sanctuaires, la comblent de présents et lui fournissent tous les renseignements dont elle a besoin. Enfin, on met à sa disposition une escorte de soldats pour les passages dangereux du désert. Si donc elle ne jouit pas de ce titre d'abbesse, il faut du moins accorder que son mérite personnel, ses vertus ou son rang lui donnent droit à une considération exceptionnelle.

Une autre particularité que nous permettent d'établir divers passages de ce récit, c'est que la noble dame habite les Gaules. Son langage trahit une origine provinciale; dans son livre, écrit du reste sans prétention littéraire, mais non sans agrément, les termes d'une latinité étrangère ou populaire abondent (1). Ce n'est pas

(1) Au point de vue philologique, la découverte de M. Gamurrini fournit une importante contribution pour les études sur le latin populaire. Contentons-nous de relever en passant les expressions suivantes : *De via campsare* (p. 53), *plicavimus nos ad mare* (p. 45), *nos traversare habebamus* (p. 36), *pererire* (p. 41, 53), *ivens* pour *iens* (p. 90); *hispatium* pour *spatium* (p. 53), *suso* ou *susu* pour *sursum* (p. 58, 100), *a pisinno* dans le sens de *à puero* (p. 50), *prode* illis est (p. 49), *fietur* (p. 93), etc.; les termes grecs *cata*

ainsi que parlent et qu'écrivent les dames de la haute société romaine correspondantes de saint Jérôme. Il lui arrive aussi plusieurs fois de comparer ce qu'elle voit dans les contrées qu'elle traverse, aux pays et aux choses de la Gaule, comme pour se faire mieux comprendre de ses sœurs. En face de la mer Rouge, elle dit que, malgré son nom, ses eaux sont aussi transparentes et aussi froides que celles de l'Océan, et que les poissons qu'on y trouve sont de même espèce et de même goût que ceux de la mer d'Italie (la Méditerranée) (1). En arrivant en Mésopotamie, à la vue de l'Euphrate, elle écrit à ses sœurs : « Qu'il me suffise de vous dire que cet Euphrate est un grand fleuve, large, et je dirai presque terrifiant, car il court avec impétuosité comme le Rhône, et peut-être encore l'Euphrate est-il plus grand (2). Aussi l'évêque d'Edesse en la recevant s'étonne de son long voyage et lui dit : « Je vois, ma fille, que votre piété vous a fait entreprendre ce projet difficile de venir des extrémités de la terre jusqu'ici (3). » Ces termes désignent bien une des contrées les plus éloignées d'Occident : la Gaule, l'Espagne ou la Bretagne.

D'après ces données et quelques autres de moindre importance, M. Gamurrini n'a pas hésité à conclure que notre voyageuse ne serait autre que la sœur de Rufin d'Aquitaine, vénérée dans l'Église sous le nom de sainte Silvia ou Silvania. Rufin est ce ministre qui, sous Théodose et Arcadius, joua en Orient un rôle considérable; tour à tour préfet du prétoire, maître des offices et consul, il aspira à l'empire et fut renversé par une émeute. L'histoire nous apprend de sa sœur, qu'elle était, comme lui, originaire d'Aquitaine (4); elle consacra à Dieu sa virginité et mena une sainte vie. Palladius nous en parle, dans son histoire lausiaque, comme d'une femme respectable, très avancée dans la connaissance des saintes Écritures, et qui passait les jours et les nuits à étudier les commentaires d'Ori-

mansiones, apudactitæ (ἀποτακτίται), *nerrola, ascitis,* etc. La syntaxe de l'auteur n'est pas moins particulière et tout aussi éloignée du latin classique.

(1) Ce passage est rapporté par Pierre diacre (Gamurrini, p. 139), mais il est certainement emprunté à la *Peregrinatio.*

(2) Gamurrini, p. 63.

(3) *Ibid.,* p. 66 et *Studii e documenti di storia e diritto.* Anno VI, p. 159.

(4) Rufin, né à Elusa (Eause, dép. du Gers), était de basse extraction et ne dut son élévation qu'à son habileté. Ses ennemis prétendaient même qu'il avait pour père un misérable cordonnier. (Tillemont, *Histoire des empereurs,* t. V, p. 771.)

gène, de Piérius, de Grégoire et autres saints docteurs; elle fit
le voyage de Jérusalem et d'Égypte par Constantinople et fut
en relation avec Rufin d'Aquilée, Palladius, saint Gaudence, évêque
de Brescia, saint Paulin de Nole, et probablement avec saint
Cyrille de Jérusalem, saint Jérôme et les saintes Paule, Mélanie et
Olympias, la diaconesse si célèbre dans l'histoire de saint Jean
Chrysostome (1). Les analogies entre sainte Silvia et l'auteur de la
Peregrinatio ont paru suffisantes à M. Gamurrini pour établir qu'il
ne fallait voir en elles qu'une seule et même personne (2).

On pourra objecter sans doute que ces traits de ressemblance
entre les deux personnages sont assez peu caractéristiques. La profession de la vie parfaite, la dévotion, le zèle pour l'étude de la sainte
Écriture, n'étaient pas choses rares à cette époque, et dans la seule
correspondance de saint Jérôme, on peut citer plusieurs saintes
femmes des Gaules et même d'Aquitaine, à qui conviendraient tous
ces traits (3). Les pèlerinages aux Lieux saints d'Égypte et de
Palestine étaient fréquents alors dans les Gaules, particulièrement
chez les personnes de qualité, et l'itinéraire était à peu près le même
pour tous les pèlerins (4). Il est assez étonnant aussi que dans ce
long récit on ne rencontre pas la moindre allusion à Rufin, son
frère, ou à d'autres personnages que sainte Silvia a connus, et qu'à
son retour elle s'arrête en Italie, au lieu d'aller rejoindre ses sœurs
dans son monastère des Gaules, comme elle l'avait promis. Néanmoins, en l'absence d'indications plus précises, il faut bien nous con-
tenter pour le moment de cette hypothèse, qui a pour elle quelque
vraisemblance et qui, dans tous les cas, est des plus séduisantes.

(1) *Histor. Lausiaca*, c. 143, 144. — V. l'abbé Léonce Couture, dans la
Revue d'Aquitaine, t. I, avait déjà, en 1856, consacré à sainte Silvia une
intéressante étude dans laquelle il a réuni les rares détails que l'histoire
nous fournit sur cette sainte femme.

(2) M. C. Kohler, dans la *Bibliothèque de l'École des chartes*, t. XLV, p. 150,
a proposé Galla Placidia, fille de l'empereur Théodose le Grand. Mais l'identification de M. Gamurrini a été plus généralement acceptée. Ajoutons que
M. Léonce Couture, dans un récent article de la *Revue de Gascogne*, t. XXVIII,
p. 457 (1887), promet de donner bientôt de nouvelles preuves à l'appui de
l'hypothèse de M. Gamurrini.

(3) S. Hieron. ep. cxx, cxxi, lxxv. — Migne. *Patrol. lat.*, t. XXII.

(4) En l'an 333 avait été composé, à l'usage des pèlerins des Gaules,
l'Itinéraire connu sous le nom d'*Itinéraire de Bordeaux à Jérusalem*, qui allait
de Bordeaux à Constantinople par voie de terre, et traversait l'Asie Mineure.
Silvia a suivi cette route dans son voyage.

II

LES PÈLERINAGES EN ORIENT.

Dès les premiers temps de l'Église, les pèlerinages furent en grand honneur parmi les fidèles : les lieux illustrés par les souffrances ou le tombeau d'un martyr ou d'un saint étaient fréquemment visités. L'Orient et l'Occident avaient déjà, au quatrième siècle, leur géographie sacrée : les villes et les bourgs qui pouvaient montrer le sépulcre ou les reliques de quelque saint illustre voyaient accourir dans leurs murs les chrétiens de tout pays, qui venaient prier et implorer les secours du bienheureux dans ces lieux sanctifiés par sa présence. Plus nombreux et plus intrépides que ne le sont aujourd'hui les touristes et les négociants entraînés par la seule curiosité ou par l'intérêt, ces pieux voyageurs ne reculaient pas plus devant les dangers de la mer que devant ceux des brigands ou des barbares, et sur plus d'un point ils ont ouvert des voies nouvelles au commerce. On retrouve partout leurs traces ; pour eux des hospices ou *xenodochia* étaient fondés par la générosité chrétienne ; on dressait à leur usage des itinéraires et des guides de voyage, dont quelques-uns nous ont été conservés parmi les œuvres les plus curieuses de l'antiquité chrétienne ; leurs noms tracés au pinceau ou à la pointe sèche sur les murs des catacombes ou sur le marbre des sarcophages, ont guidé les explorateurs modernes dans leurs recherches.

Mais de toutes les contrées, les plus visitées étaient, on le comprend, celles de la Palestine et de l'Orient, sanctifiées par les grands souvenirs de l'histoire des Hébreux et par la vie de Notre-Seigneur Jésus-Christ. Aussi voyons-nous les pèlerinages s'y succéder sans interruption, depuis l'époque la plus reculée. Sans nous arrêter aux textes de saint Justin, de Firmilien et d'autres qui établissent ce fait, citons seulement cette lettre des saintes Paule et Eustochium : « Il serait trop long de parcourir les siècles depuis l'ascension du Sauveur pour citer les évêques, les martyrs, les hommes les plus versés dans la doctrine de l'Église, qui sont venus à Jérusalem, estimant peu leur religion et leur science, et ne croyant pas avoir atteint, comme on dit, le sommet des vertus, s'ils ne venaient adorer le Christ dans ces lieux où l'Évangile a brillé sur la croix...

Quiconque dans les Gaules est d'une condition élevée, vient ici (à Bethléem). Le Breton, séparé de notre monde par l'Océan, laisse son pays et vient, s'il a fait quelque progrès dans notre religion, visiter ces lieux, dont lui parlent la renommée et les Écritures. On y voit accourir en même temps les Arméniens, les Perses, les peuples de l'Inde, de l'Éthiopie, de l'Égypte, si fertile en moines, du Pont et de la Cappadoce, de Syrie Cœlé et de Mésopotamie et de tout l'Orient.... (1).

Eusèbe et saint Jérôme disent, de leur côté, au quatrième siècle, qu'il n'y a pas de race, pas de nation, qui ne soit représentée à Jérusalem et aux Lieux saints (2). Ces pèlerinages continuèrent pendant tout le moyen âge, malgré la conquête arabe, et c'est de ce grand mouvement que sortit la première idée des croisades.

Un autre attrait portait encore, au quatrième siècle, les chrétiens vers l'Orient, le désir de voir ces hommes extraordinaires qui, dans le désert, se livraient à toutes les austérités d'une vie pénitente, ces moines dont on voulait étudier les mœurs, ou implorer les prières. Saint Jérôme, Rufin, sainte Paule, Mélanie, Eustochium, les moines des Gaules, Cassien, Postumien et plusieurs de leurs compagnons, vinrent en Égypte dans ce but et firent de longs séjours dans ces contrées (3). Tels furent aussi les motifs qui portèrent sainte Silvia

---

(1) *Inter opera sancti Hieron.* ep. XLVI. Migne, P. L. t. XXII. p. 489.

(2) Euseb., *Hist. eccl.*, VI, 25. — *Saint Jérôme.* Migne, P. L. t. XXII, p. 582. — L'histoire des pèlerinages aux Lieux saints dans l'antiquité chrétienne a du reste tenté plusieurs érudits; nous citerons en particulier : Gretser, *de Sacris peregrinationibus*, Opera, t. IV. Mamachi, *Origin. et antiquit. Christian*, liber II, pars II, n. 4. Et de nos jours : Lalanne, *des Pèlerinages en Terre-Sainte avant les croisades* (Biblioth. de l'Ecole des chartes, t. II, 2e série, p. 1). Martial Delpit, *Essai sur les anciens pèlerinages à Jérusalem*, dissertation insérée à la suite du *Saint Suaire*, par le vicomte de Gourgues. Périgueux, 1868, et publiée à part, Paris, 1870. Röhricht, *die Pilgerfahrten nach dem heil. Lande, Histor. Taschenb. de Rich'l*, ann. 1875. Léon Lecestre, *les Pélerinages en Terre-Sainte au moyen âge*, Contemporain, 15 février 1884 ; enfin l'ouvrage le plus complet sur la matière, *Itinera Hierosolymitana et descriptiones Terræ Sanctæ*, par Tobler, Auguste Molinier et Kohler. (2 vol. 1877-1885. Genève). Cf. aussi Martigny, *Dict. des antiq. chrét.*, et Kraus, *Real-Encyclopädie der Christlichen Alterthümer*, v. Wallfahrten. M. A. Couret, dans *la Palestine sous les empereurs grecs* (p. 22), cite sur le même sujet un curieux ouvrage du patriarche grec Chrysanthis : *Histoire de Jérusalem*, 1728. Enfin pour le quatrième siècle en particulier, mentionnons encore Lagrange. *Vie de sainte Paule.* Bernard, *Voyages de saint Jérôme* et surtout Amédée Thierry : *Saint Jérôme, la société chrétienne et l'émigration romaine en Terre Sainte.*

(3) S. Sulpice Sévère, *Dial.* I, c. III, 9. — Cassien, *de Cœnob. Instit.* c. XXXVI.

à entreprendre ses grands pèlerinages, et son récit vient ajouter un témoignage précieux et circonstancié à tous ceux qui précèdent.

III

VOYAGE AU MONT SINAÏ ET DANS LA TERRE DE GESSEN.

Une lacune de quelques pages nous prive du récit d'un premier voyage que Silvia avait fait en Égypte et dans la Thébaïde, après avoir vu déjà Jérusalem, Bethléem, Hébron et la Galilée. Dans tous ces pays, elle s'arrête de préférence aux endroits consacrés par quelque souvenir biblique ou par la présence des apôtres et des saints, et visite les solitaires (1). Au moment où son récit commence, elle est parvenue dans la presqu'île sinaïtique et se dispose à faire l'ascension de la « sainte montagne de Dieu ». Ses pieux guides l'avertissent que la coutume des pèlerins est de réciter une prière dès qu'ils aperçoivent le Sinaï. Elle n'a garde d'y manquer.

Avant d'arriver au Sinaï, on traverse une grande vallée, probablement celle d'el-Rahah. C'est là que Moïse, gardant les troupeaux de son beau-père, eut la vision du buisson ardent. Mais la caravane continue sa marche, pour ne s'arrêter qu'au retour dans ces lieux sanctifiés.

Silvia décrit très minutieusement l'aspect du pays. La « montagne de Dieu » comprend un groupe de collines très élevées, plus hautes, dit-elle, qu'aucune de celles que j'aie vues jusqu'ici. Au milieu se dresse le sommet sur lequel Dieu s'est révélé à son serviteur Moïse, et qui domine de beaucoup toute la chaîne de montagnes. C'est ce point qui est appelé proprement le Sinaï, encore que ce nom soit donné par extension à tout le groupe (2).

(1) On peut suppléer à cette lacune par le récit de Pierre diacre, qui a fait des emprunts continue's à la *Peregrinatio*, et par des allusions de celle-ci à un voyage antérieur.

(2) Les géographes modernes hésitent, on le sait, sur l'emplacement de la montagne où fut promulguée la loi. M. Gamurrini ne tranche pas la question. La description de Silvia semble convenir bien plutôt au Djebel Katherin et au Djebel Mousa qu'au Serbal. Le Djebel Katherin ou montagne de Sainte-Catherine, le plus haut sommet du groupe sinaïtique, s'élève à 2,599 mètres. Non loin de là se dressent les constructions du fameux monastère de Sainte-Catherine. Le témoignage de sainte Silvia prouverait que la tradition qui place sur ce sommet la promulgation de la loi mosaïque ne date pas de

Le samedi soir, on arriva au pied de la montagne. Il y avait là un
monastère et une église desservie par un prêtre; nos voyageurs y
furent reçus avec beaucoup d'empressement et y passèrent la nuit (1).

Le lendemain, dimanche, au petit jour, on se mit en marche avec
le prêtre et les moines qui s'étaient joints au cortège. L'ascension
ne fut rien moins que facile. Il fallut escalader toutes les collines
l'une après l'autre. Or, remarque la voyageuse, on ne les monte pas
en suivant des courbes, ou, « comme nous disons, en colimaçon »,
mais en ligne droite, par des chemins escarpés, et on les descend de
même, jusqu'à ce qu'on arrive au Sinaï, qui occupe le centre (2).
Notez qu'il a fallu laisser les montures dans la plaine. Enfin, « avec
le secours du Christ notre Dieu », et aidée par les prières des saints
qui l'accompagnaient, elle arriva, le désir qu'elle avait de voir la
montagne où était descendue la majesté de Dieu lui faisant oublier
la fatigue. Il était 11 heures du matin. Nos pèlerins trouvèrent
une église assez petite, car le sommet de la montagne était lui-même
trop étroit pour permettre une grande construction. Le prêtre qui
la desservait accourut aussitôt au-devant d'eux. C'était un vieillard
vénérable qui avait d'abord mené la vie de moine ou, comme
on disait dans le pays, d'ascète (3). D'autres prêtres et des moines
qui habitaient sur les flancs de la montagne, vinrent se joindre à
eux. On ouvrit le Pentateuque et on lut tout ce qui a trait à Moïse,
dans le lieu même où ces événements merveilleux s'étaient accom-
plis. On fit ensuite la prière et il y eut le sacrifice et la commu-
nion (4). Avant de sortir de l'église, les prêtres lui donnèrent des
eulogies ou présents, qui consistaient en fruits recueillis par eux-

Justinien, comme on l'a répété trop souvent. Pour les autres détails, la description de notre sainte cadre bien avec les observations des explorateurs
modernes. (Cf. Elisée Reclus, *Nouvelle géographie universelle*, t. IX; *l'Asie
antérieure*, p. 714 et 718. Vigouroux, *la Bible et les Découvertes modernes*, II,
468; 3e édit.)

(1) Il résulte d'une indication donnée plus loin dans la *Peregrinatio* qu'on
était dans les premiers jours de janvier.

(2) A peu près vers la même époque, un moine gaulois, Postumien, dont le
voyage, décrit par saint Sulpice Sévère (*Dialog.*, l. 1, c. III, XVII, etc.), offre
plusieurs points de comparaison avec celui de Silvia, avait reculé devant
l'ascension du Sinaï comme impossible.

(3) Silvia écrit toujours *ascitis* comme elle entendait prononcer.

(4) L'auteur, qui observe rigoureusement la loi du secret, ne se sert que
des mots *oblationem facere*, *communicare*. Le terme de *missa*, pris par M. Gamurrini dans le sens de messe, signifie, dans la langue liturgique de ce
temps, la fin d'un office, le renvoi du peuple, *missio*, *dimissio*.

3

mêmes. Le Sinaï présentait partout un sol rocailleux sur lequel aucun arbre ne poussait; mais au pied de la montagne et dans les environs coulait un petit ruisseau, qui arrosait les jardins formés auprès du monastère, et cultivés avec beaucoup de soin par les moines.

On sortit alors de l'église et on fit le tour des murs pour contempler le paysage sous tous ses aspects. L'air était d'une transparence parfaite; un immense panorama se déroulait sous les yeux des pèlerins ravis. Les collines que l'on avait gravies le matin avec tant de peine n'apparaissaient plus maintenant que comme de petits monticules. Au loin l'Égypte, la Palestine, la mer Rouge, le pays des Sarrasins et même Alexandrie et la Méditerranée. C'est du moins ce qu'affirmaient ceux qui entouraient notre voyageuse, mais elle semble avoir quelque peine à le croire, quoique venant d'un pays où l'hyperbole est permise.

Les pèlerins qu'aucune fatigue ne rebutait redescendirent le Sinaï pour gravir l'Horeb. Là s'était retiré le prophète Hélie lorsqu'il fuyait la présence du roi Achab. Il y avait une église près de la caverne où avait vécu l'homme de Dieu et de l'autel de pierre sur lequel il avait offert un sacrifice. On fit l'oblation, et après une longue prière on lut les chapitres du livre des Rois, qui se rapportaient à ces événements. Car les pèlerins ne manquèrent jamais dans tous les lieux qu'ils visitèrent de lire les passages de l'Écriture correspondants. Ainsi faisait sainte Paule dans son pèlerinage aux lieux saints, comme nous l'apprend saint Jérôme (1).

L'heure avançait; il fallait songer au retour, d'autant plus que l'on devait visiter, en descendant, d'autres lieux sanctifiés auprès desquels on avait passé le matin. Après avoir prié à l'endroit où Aaron se tenait avec les soixante-dix vieillards lorsque Moïse reçut la loi de Dieu, nos voyageurs descendirent l'Horeb.

Le buisson où Dieu parla à Moïse était situé au milieu d'un jardin devant une église. Quand les pèlerins y arrivèrent, il était trop tard pour faire l'oblation. Aussi après les prières et lectures d'usage, moines et pèlerins s'établirent dans le jardin et y passèrent la nuit. Le lendemain de grand matin, on pria les prêtres de faire l'oblation, et l'on repartit, toujours escorté par les moines qui montrèrent à la pieuse femme et à ses compagnons l'endroit où

---

(1) *Epitaph. Paulæ.* — Il y a bien d'autres traits de ressemblance entre les deux voyageuses, la réception qui leur est faite, leur manière de voyager, les pays qu'elles visitent, etc.

les Hébreux campèrent pendant que Moïse était sur la montagne; celui où fut élevé le veau d'or, encore marqué par une grande pierre; sur un rocher non loin de là, Moïse avait brisé les tables de la Loi ; ici le veau d'or fut brûlé; ce torrent est celui que Moïse fit couler miraculeusement pour abreuver le peuple ; voici la place où la manne et les cailles tombèrent pour la première fois, et celle où fut célébrée la Pâque. Partout s'élevaient des monastères construits pour conserver et vénérer ces précieux souvenirs : Silvia y fut toujours reçue avec honneur par les moines qui s'empressaient de satisfaire à sa pieuse curiosité. Plusieurs d'entre eux que leur âge ou leurs infirmités avaient retenus la veille s'excusèrent de ne l'avoir pas accompagnée jusqu'au Sinaï. Il fallut enfin quitter cette vallée toute pleine de souvenirs bibliques. On se reposa deux jours à Pharan, puis on prit la route qui traverse le désert en côtoyant la mer Rouge jusqu'à Clysma (Suez). Cette route s'écartait quelquefois dans l'intérieur des terres, d'autrefois elle passait si près du rivage que les flots de la mer venaient mouiller les pieds des montures (1).

De Suez, Silvia se dirigea sur Péluse pour prendre la route de Jérusalem ; elle traversait ainsi l'antique terre de Gessen (aujourd'hui Ouâdi Toumilât), prenant à rebours le chemin que les Israélites avaient suivi dans leur fuite. La contrée, absolument déserte, était infestée par les Arabes qui pillaient et massacraient sans pitié les voyageurs. Rufin et Mélanie dans un voyage qui précéda de peu celui de Silvia, avaient été attaqués par eux et n'avaient échappé qu'à grand'peine. On ne rencontrait plus de monastères qu'auprès des étapes romaines, *mansiones*, où les moines étaient sous la protection des soldats et de leurs officiers. Aussi, à partir de Clysma jusqu'à Arabia (2), sainte Silvia dut se faire accompagner d'étape en étape par un détachement de soldats romains : des clercs et des moines qui étaient avec elle lui indiquaient la route suivie par les Israélites. Quoiqu'elle eût déjà parcouru ces lieux une fois, elle ne pouvait se lasser de les étudier encore, s'enquérant des moindres détails, comparant les renseignements qu'on lui donnait avec le texte sacré de l'Exode et notant soigneusement ses propres observations. Ainsi elle nous fait remarquer que la marche des

---

(1) Gamurrini, p. 35-46.
(2) C'est pour la première fois qu'apparaît la mention de cette localité qui devait être dans les environs de Sawalah, de Tell-el-Kebir ou de Zagazig.

Hébreux ne fut pas en ligne droite, mais qu'ils obliquèrent tantôt à droite, tantôt à gauche jusqu'à la mer Rouge.

Arabia, où les pèlerins arrivèrent la veille de l'Épiphanie, avait pour évêque un vieillard vénérable, très versé dans les Écritures, et que Silvia avait rencontré en Thébaïde dans son précédent voyage, car il avait été élevé dans un monastère dès l'âge le plus tendre. Il fit conduite aux voyageurs jusqu'à la plaine où était autrefois Ramessé et qui n'était plus maintenant qu'un désert couvert de ruines. Il leur montra un rocher dans lequel étaient sculptées deux grandes statues qu'il leur dit être celles de Moïse et d'Aaron, faites par les Israélites eux-mêmes; il y avait aussi un sycomore que l'on croyait planté par les patriarches. On l'appelait, nous dit Silvia, *dendros alethiæ*, c'est-à-dire l'arbre de vérité. Le bon vieillard lui donna quelques autres détails qu'elle consigne dans son journal. On resta deux jours à Arabia pour célébrer avec l'évêque la fête de l'Épiphanie. Avant de partir, Silvia congédia l'escorte de soldats, car d'Arabia à Péluse passait la grande route publique de l'Égypte, très fréquentée par les voyageurs et les négociants, et où l'on n'avait plus rien à craindre. L'ancien pays de Gessen qu'elle traversait lui parut plus beau qu'aucun de ceux qu'elle eût encore vus. La route court sur les bords du Nil (probablement la branche Bahr-san-el Hagar) entre des vignobles et des jardins d'une riche culture, pleins de verdure et de fraîcheur (1). En deux jours on fut à Péluse et de là on continua d'étape en étape jusqu'à Jérusalem, par la route qui réunissait la Palestine à l'Égypte. Ainsi se termina « au nom du Christ, notre Dieu », le pèlerinage de sainte Silvia au Sinaï (2).

IV

PÈLERINAGE AU MONT NÉBO ET DANS L'IDUMÉE

Après s'être arrêtée quelque temps à Jérusalem, Silvia conçut le dessein d'un pèlerinage à l'est de la mer Morte, afin de visiter le mont Nébo ou Nabau, comme elle l'appelle, du sommet duquel Dieu fit contempler à Moïse la terre promise où il ne devait pas entrer. « Notre Dieu Jésus, dit-elle, qui n'abandonne pas ceux qui espè-

---

(1) Ce pays encore très fertile est couvert aujourd'hui par des champs de cotonniers et ses palmiers passent pour donner les meilleures dattes de l'Égypte. (Elisée Reclus, *le Bassin du Nil*, p. 588.)

(2) Gamurrini, p. 51.

rent en lui, a daigné me permettre d'accomplir ce dessein (1). »
Elle prit, cette fois, pour l'accompagner un prêtre, des diacres et
quelques frères moines (2). Elle traversa le Jourdain à l'endroit où
s'était accompli le prodige qui permit aux Israélites de le passer
à pied sec. On lui montra les vestiges de leurs campements, la
place où Moïse écrivit le Deutéronome et celle où le saint patriarche,
avant de mourir, bénit une dernière fois son peuple. De même que
pour le pèlerinage du Sinaï, après les prières d'usage on lisait les
passages correspondants du Deutéronome, on récitait les psaumes
se rapportant à la circonstance et on faisait ensuite une dernière
prière. « Avec la permission de Dieu, dit la sainte femme, on ne
s'est jamais départi de cette coutume. » Du reste, le récit de ce
pèlerinage est moins circonstancié que le précédent. A Libiade,
petite ville que les voyageurs rencontrèrent au-delà du Jourdain, le
prêtre de ce lieu, très instruit de toutes les traditions bibliques, se
décida à les accompagner sur la prière de Silvia.

Avant d'arriver au Nébo, on trouva un monastère où les ascètes,
très nombreux, menaient une vie sainte et mortifiée. Ils offrirent
une large hospitalité aux pèlerins, leur accordèrent l'entrée du
monastère et leur donnèrent des *eulogies*, « comme c'est l'usage
pour ceux que l'on veut recevoir honorablement ». L'église était
séparée du monastère par un ruisseau assez large, d'une eau limpide
et fraîche. Cette eau sortait d'un rocher voisin; d'après la tradition
des moines, c'était une des sources miraculeusement créées par
Moïse.

Plusieurs de ces moines firent, avec les pèlerins, l'ascension du
Nébo (3). L'évêque de Segor, ville au sud de cette montagne, s'était
aussi joint à eux. Quoique la hauteur du Nébo soit bien inférieure à
celle du Sinaï, les rochers en sont très escarpés et nos voyageurs
ne les gravirent pas sans peine. On dut laisser les ânes dans la
plaine et s'aider des pieds et des mains pour atteindre le sommet.
Là, se dressait encore une petite église. A l'endroit de l'ambon, on
remarquait une élévation de terre de la hauteur d'un tombeau ordinaire (*memoria*). Les moines dirent à Silvia que ce n'était pas la
sépulture de Moïse, car ce lieu est ignoré par tous les hommes,

---

(1) Gamurrini, p. 51.
(2) Il faut lire sans doute *et diaconibus* au lieu de *de diaconibus*. (*Ibid.*)
(3) Le Nébo, identifié par M. de Saulcy avec le Djebel-Nébâ, compte
714 mètres au-dessus du niveau de la mer. Mislin, *les Saints lieux*, t. III, p. 282.

mais les anges y avaient reposé un moment le corps du serviteur
de Dieu. Ils affirmaient savoir cela de leurs anciens, qui le tenaient
à leur tour de plus anciens qu'eux.

Après avoir fait dans l'église les prières et les lectures accoutu-
mées, on sortit pour contempler la contrée parcourue par les Israélites avant leur entrée dans la terre de Canaan. Les prêtres et les
moines qui vivaient de ces souvenirs sacrés se faisaient un plaisir
de mettre leurs connaissances au service de leurs hôtes. Ici on
voyait le Jourdain se jeter dans la mer Morte ; plus au nord, Libiade
que l'on avait quitté le matin ; sur l'autre rive du Jourdain, la ville
de Jéricho et, plus loin, la terre promise que Moïse avait con-
templée de cet endroit même, quelque deux mille ans auparavant !
A gauche, sur les rives de la mer Morte, s'étendait le pays des
Sodomites et Segor, la seule des cinq villes qui n'eut pas été
engloutie ; quant aux autres, c'est à peine si l'on apercevait quelques
ruines (1). On fit voir aussi à Silvia l'endroit où la femme de Loth fut
changée en statue de sel, « mais, dit-elle dans son récit, croyez-
moi, mes vénérables sœurs, je ne veux pas vous tromper ; nous
avons bien vu l'endroit où le miracle a eu lieu ; mais pas la moindre
trace de statue, ni de colonne ; je ne veux pas vous en faire accroire
à ce sujet. Mais l'évêque de Segor nous a dit que depuis plusieurs
années la colonne avait été couverte par les eaux (2). »

En passant à droite de l'église (3), les pèlerins avaient devant
eux la contrée des Amorréens et Esebon, capitale de Séon, leur roi ;
Fogor, capitale des Edomites, et Sasdra, capitale de Og, roi de
Basan, que les Israélites eurent à combattre. Entre le Nébo et la
mer Morte s'élevait, dans la contrée autrefois occupée par les Moa-
bites, un sommet appelé *agri specula*, d'où le « devin Balaam »
bénit les campements d'Israël (4). Après avoir longuement con-

---

(1) Sur ce point Sylvia partageait une erreur commune de son temps. (Cf.
Vigouroux, *les Livres saints et la critique rationaliste*, t. III, 534.)

(2) Gamurrini, p. 55. — Saint Irénée et Tertullien disent, après Josèphe
et d'autres auteurs, qu'on voyait encore de leur temps cette statue. (Ir. *Adv.
Hær.* IV, 51 ; Tert. *de Pallio*, II ; Jos. *Antiq. Jud.*, I, XI.)

(3) On peut conjecturer des termes employés ici que la façade de l'église
regardait l'Occident ; le sanctuaire était à l'Orient. Cette disposition, déjà
en usage depuis de longues années, souffrait cependant bien des dérogations
au quatrième siècle, comme on peut le voir par Eusèbe. (H. E., x, 4. Saint
Paulin de Nole, *Ep.* XII, *ad Sever.*, etc.)

(4) Ce lieu n'avait pu encore être identifié. La description si précise de

templé tout le pays, les pèlerins descendirent le Nébo et reprirent
la route de Jérusalem par Jéricho.

À l'est encore du Jourdain, mais plus vers le nord, s'étend
l'Idumée et le pays de Hus, célèbres dans l'histoire biblique par le
souvenir du bienheureux patriarche Job (1). Il y avait là des
monastères nombreux dont les habitants venaient fréquemment à
Jérusalem. Toujours empressée à recueillir les renseignements géogra-
phiques et topographiques qui pouvaient l'éclairer dans l'intelligence
des saintes lettres, Silvia se mit en rapport avec eux et elle ne tarda
pas, dans ces conversations, à concevoir le désir d'aller elle aussi
visiter le tombeau du saint homme. Elle eut bientôt réuni autour
d'elle une nouvelle troupe de moines, heureux de s'unir à son pieux
projet. Nous savons peu de chose de ce pèlerinage, à cause d'une
lacune de deux pages qui se rencontre à cet endroit du manuscrit.

De Jérusalem, on s'achemina vers le nord, du côté de la Samarie.
Salem ou Sedima se rencontra sur la route (2). Nos voyageurs ne manquèrent pas d'y vénérer l'endroit où Melchisédech offrit à Dieu son
sacrifice symbolique. Le prêtre du lieu accourut au-devant d'eux
avec ses clercs et les fit entrer dans l'église. C'était un ancien
moine, savant dans les Écritures et dont les évêques voisins rendaient
le meilleur témoignage. Il fit visiter à Silvia les ruines du palais de
Melchisédech : au milieu des décombres, on venait encore chercher
des matériaux pour les constructions, des pierres, des vieux fers,
et on trouvait même quelquefois quelques parcelles d'argent (2).
Quand on eut admiré ces restes vénérables, la pieuse dame cita au
prêtre un passage de l'Évangile (Johann. III, 23), dans lequel il est
dit de saint Jean-Baptiste, qu'il baptisait à Aennon, près de Salim.
Connaissait-on encore cet endroit? Le prêtre conduisit alors les
pèlerins le long d'un petit ruisseau à travers une vallée très fertile
jusqu'à un verger, au milieu duquel se trouvait une source d'eau
douce (3). Elle se déversait dans un lac où l'on disait que saint Jean
baptisait. Cet endroit s'appelait, nous dit Silvia, *copos tu agiù*

Silvia fournira sur ce point, comme sur bien d'autres de la topographie
biblique, des données nouvelles aux explorateurs modernes.

(1) Des auteurs modernes placent le pays de Hus dans le Hauran où l'on
trouve aujourd'hui encore un monastère portant le nom de Job *Deir Eijoûb*.
D'autres le reculent plus vers l'est dans le *El Telloul*.

(2) Cf. Victor Guérin, *la Samarie*, t. I, 456.

(3) Lire *feramento* pour *heramento*, p. 59.

(4) D'après M. Gamurrini, ce serait *Ain Keroun*, ou *Ain Kaun*, p. 59.

Johanni, d'un mot grec qui signifie jardin de saint Jean (1). Le prêtre leur apprit encore que c'était un lieu de pèlerinage très fréquenté, que les moines venaient de tous les pays pour se laver dans les eaux du lac. Il ajouta que vers la fête de Pâques, tous ceux qui, dans le bourg de Salem, doivent être baptisés, viennent à cette fontaine pour y être baptisés; le soir, après la cérémonie, on les reconduit à la lumière des flambeaux, au milieu des moines et des clercs qui disent des psaumes et des antiennes jusqu'à l'église de Saint-Melchisédech. Le prêtres et les moines qui avaient leurs cellules dans le jardin de saint Jean, ne voulurent pas laisser partir les pèlerins sans leur offrir en *eulogies* des fruits cueillis dans le jardin de saint Jean.

Au-delà du Jourdain que durent encore traverser nos voyageurs, ils vénérèrent les lieux sanctifiés par la présence du saint homme Élie de Thesbé et la caverne où il habita. Il y avait, non loin de là, un monastère qu'un moine s'était construit et dont il semblait être le seul habitant. Silvia pensa que ce n'était pas sans raison qu'il avait choisi ce lieu : car d'après ce que nous avons vu jusqu'ici, il paraît bien certain que, du moins dans ces pays, l'emplacement d'un monastère devait toujours être consacré par un souvenir biblique. Elle demanda donc à ceux qui l'accompagnaient quelle cause avait porté ce moine à se retirer en ce lieu. On lui répondit que c'était là l'endroit où Élie, au temps de la famine, était nourri par les corbeaux et buvait l'eau du Chorra. La sainte en rendit grâces à Dieu, ainsi que de toutes les merveilles qu'il daignait montrer aux yeux avides de son indigne servante.

C'est à Carnéas, but de son pèlerinage, que Silvia trouva le tombeau du saint homme Job (2). On lui raconta qu'un solitaire avait un jour quitté son désert et qu'il était venu trouver l'évêque et les clercs, leur enjoignant, d'après une vision céleste, de creuser la terre à un certain endroit. On y trouva, en effet, une pierre sur laquelle était gravé le mot Job. Une église fut construite aux frais d'un tribun à cette place, de façon que l'autel reposât sur les restes du bienheureux. Le lendemain matin, à la prière de la sainte

---

(1) Κῆπος τοῦ ἁγίου Ἰοάννου.

(2) Carnéas ou Astaroth-Carnaïm doit être cherché, d'après le sentiment le plus commun des géographes, à l'endroit appelé *Tell Asterch* (et non à Bostra). (Cf. dom Calmet, *Dictionnaire de la Bible*, édition Migne, I, 996 ; et Trochon, *la Sainte Bible, Introduction générale*, t. II, p. 273.)

femme, l'évèque fit l'oblation, tous les pèlerins s'unissant au sacrifice. Ils partirent ensuite, munis de la bénédiction de l'évèque, et rentrèrent à Jérusalem par la même voie, rendant grâces à Dieu.

V

VOYAGE EN MÉSOPOTAMIE, RETOUR A CONSTANTINOPLE, DERNIÈRES ANNÉES DE SILVIA

Trois ans s'étaient écoulés depuis le jour où la noble dame avait quitté sa patrie pour venir à Jérusalem, trois ans pendant pendant lesquels elle avait visité tous les saints lieux de l'Orient, surmontant toutes les fatigues, et guidée par sa foi et son amour du Christ et de ses saints; et maintenant, elle avait l'intention de retourner dans son pays, auprès de ses sœurs bien-aimées. Suivant l'itinéraire des pèlerins des Gaules, elle devait prendre sa route vers le nord-ouest en longeant les côtes de la Méditerranée jusqu'à Tarse et en traversant l'Asie Mineure pour arriver à Constantinople, et de là revenir en Gaules par la Thrace, la Dacie, la Mysie, la Pannonie et les Alpes. Mais parvenue à Antioche, Silvia voulut voir Edesse, qui n'est séparée de cette ville que par sept étapes. La pensée de visiter les saints moines de Syrie et de Mésopotamie dont on lui avait raconté la vie admirable, de prier sur la tombe de l'apôtre Thomas, enfin, de voir la lettre que l'on disait écrite à Abgare, roi d'Edesse, par Jésus-Christ, exerçait sur elle un puissant attrait auquel elle ne voulut pas résister : « Du reste, dit-elle à ses sœurs, je vous prie de m'en croire, aucun des chrétiens qui vient aux saints lieux de Jérusalem ne manque de faire ce pèlerinage (1). »

Elle partit donc d'Antioche, au nom du Christ, notre Dieu, pour Edesse. Sur sa route, elle rencontra Hiérapolis, grande et riche cité sur les bords de l'Euphrate, où elle s'arrêta pour prendre ses dernières dispositions. Les gros bateaux pouvaient seuls tenter la traversée du fleuve, à cause de la rapidité du courant : aussi, malgré sa hâte d'arriver, elle perdit une journée presque entière sur la rive à attendre qu'un de ces bateaux appareillât pour l'autre bord. Enfin elle met le pied sur cette terre de la Mésopotamie après laquelle elle avait tant soupiré. A mi-route d'Edesse se trouve Batanis, ville très peuplée et qui, pour cette raison, possède un soldat romain et un tribun. Il y avait aussi une église dont l'évèque menait

(1) Gamurrini, p. 62.

la vie monastique et avait confessé la foi, et dans son église, plusieurs tombeaux de martyrs.

Notre voyageuse resta trois jours entiers à Edesse, et son temps ne fut pas perdu, comme on va le voir par la description détaillée qu'elle nous en fait. La ville d'Edesse lui paraît magnifique et vraiment digne d'être la maison de Dieu. Le tombeau de l'apôtre saint Thomas n'était pas encore, comme nous l'avons dit précédemment, réuni à l'église : la sainte alla dès son arrivée y faire les prières qu'elle avait coutume de faire dans tous les saints lieux, et y lut les actes du martyre de saint Thomas. La ville possédait plusieurs autres tombeaux de martyrs qu'elle visita tour à tour : la plupart de ces *martyria* étaient gardés par des moines ; d'autres solitaires avaient leurs habitations loin de la ville, dans des lieux retirés. L'évêque, moine aussi et confesseur, est probablement le même que saint Euloge (1). Il aborda très gracieusement la pieuse voyageuse, et, la félicitant d'avoir entrepris ce long pèlerinage, il ajouta ces mots : « S'il peut vous être agréable, ma fille, de voir les lieux chers à la piété des chrétiens, nous vous les montrerons nous-même. » Elle répondit en remerciant Dieu de cette faveur, et en priant très humblement l'évêque de vouloir bien faire comme il l'avait dit. Ce fut donc son hôte illustre qui lui servit de cicérone dans la ville. Il la conduisit d'abord au palais d'Abgare, ancien roi d'Edesse, contemporain de Jésus-Christ, et la fit s'arrêter devant deux portraits, statues ou bas-reliefs en marbre d'une éclatante blancheur, dont l'une représentait Abgare, et l'autre son fils Manni ou Magnus (2). Elle admira sur les traits du père un grand air de dignité et de sagesse. « C'est là, lui dit l'évêque, ce roi Abgare, qui, avant d'avoir vu le Seigneur, a cru en lui comme au Fils de Dieu. » Dans l'intérieur du palais étaient de grands réservoirs d'eau au milieu desquels nageaient des poissons : ces eaux alimentaient toute la ville, car il n'y avait pas d'autre source à Edesse. Mais celles-ci étaient si abondantes, si claires et d'une si douce saveur, que Silvia avoue n'en avoir jamais

(1) Gamurrini, pp. xxxv et 64. — Remarquez cependant que dans la Vie que nous possédons de saint Euloge il n'est pas fait mention de sa profession monastique.

(2) Il s'agit ici d'Abgare III Oukama, roi d'Osroène. Les travaux auxquels ont donné lieu les faits racontés par la *Peregrinatio* sont indiqués dans Chevalier, *Répertoire des sources historiques du moyen âge*, au mot *Abgare*, et dans Bonet-Maury, *la Légende d'Abgare et de Thaddée et les missions chrétiennes à Edesse*. « Revue de l'histoire des Religions », nov.-déc. 1887.

vu de semblables : du palais, elles se précipitaient vers la ville,
« comme un fleuve d'argent ». L'évêque l'ayant conduite auprès de
ces bassins, lui en raconta ainsi l'origine : « Quelque temps après
qu'Abgare eut écrit au Seigneur et que le Seigneur lui eut envoyé
une réponse par le courrier Ananias, les Perses vinrent assiéger la
cité. Abgare se dirigea vers la porte de la ville avec la lettre divine
et se mit en prière ainsi que toute son armée, en disant : « Seigneur
« Jésus, vous nous aviez promis qu'aucun ennemi n'entrerait dans
« la ville, et voici que les Perses nous assiègent! » Et ce disant, il
levait les mains vers le ciel en présentant la lettre divine toute
ouverte... Aussitôt, autour de la ville se répandirent des ténè-
bres si profondes, que les Perses ne purent jamais trouver d'endroit
pour pénétrer dans la cité. Ils n'en restèrent pas moins autour
des murs durant des mois. Voyant que par aucun moyen ils ne
pouvaient venir à bout de la résistance, ils résolurent de prendre les
habitants par la soif et détournèrent les cours d'eau qui traversaient
la ville. C'est alors que les sources que vous voyez ici, ma fille,
jaillirent sur l'ordre de Dieu. Quant aux ruisseaux détournés
par les Perses, ils tarirent à ce moment même, si bien que leur
armée, privée d'eau, dut se retirer. Et depuis ce temps, reprit
l'évêque, toutes les fois que la cité fut assiégée, la lettre divine
fut exposée et lue devant les portes, et les ennemis furent repoussés.
L'évêque lui raconta encore comme quoi le palais d'Abgare était
construit, selon la coutume, sur un lieu élevé. A côté, se dé-
ployait le camp des soldats, et c'est au milieu même du camp que
les sources avaient jailli. Mais le fils d'Abgare, Magnus, construisit
un second palais auprès de celui de son père, et les fontaines y
furent enclavées. Les deux constructions étaient encore conservées.

Puis l'évêque conduisit Silvia à la porte par laquelle entra
Ananias, le courrier qui rapporta la lettre du Seigneur. L'évêque y
fit debout une prière, lut la lettre d'Abgare et la réponse de Notre-
Seigneur, puis se remit en prières. Il lui fit encore observer que
depuis le jour où Ananias était entré par cette porte avec le divin
message, on n'y faisait passer aucun cadavre ni rien d'impur. Le
haut palais d'Abgare, le tombeau de sa famille et les autres curio-
sités de la ville lui furent aussi montrés.

L'évêque d'Edesse lui fit avant son départ un présent auquel elle
attacha le plus grand prix. C'était un exemplaire des lettres d'Abgare et de la réponse du Sauveur. « Sans doute, dit Silvia, j'avais

bien un exemplaire de ces lettres dans ma patrie, mais celles-ci m'ont paru plus complètes (1). Et si Jésus notre Dieu me permet de retourner dans ma patrie, je vous les lirai. »

D'Edesse, notre infatigable pèlerine poussa jusqu'à la cité de Carrhes, au sud d'Edesse, habité jadis par Abraham. Elle y trouva, comme à Edesse, un évêque menant la vie monastique et confesseur de la foi, véritablement saint et homme de Dieu. L'église était hors de la ville, dans le lieu où fut la maison de « saint Abraham », si bien, assura l'évêque, que les fondements de la maison avaient servi de fondements à l'église. Le puits où Rébecca puisait de l'eau quand elle fut rencontrée par Éliézer était tout près de là. Il y avait aussi dans l'église le *Martyrium*, ou tombeau d'un saint moine, du nom d'Helpidius. Silvia, qui ignorait la date de la fête, arriva justement à Carrhes le 9 des Calendes de mai (22 avril), la veille de l'anniversaire du martyre. Or, ce jour-là, tous les moines et ascètes de la Mésopotamie viennent à Carrhes pour célébrer la fête. C'est le seul jour, avec la fête de Pâques, où ces solitaires quittent leur désert (2). Aussi la pieuse femme rendit-elle grâces de cette coïncidence qui lui permit de s'entretenir avec tous ces vrais serviteurs de Dieu. Ils quittèrent la ville de nuit, après la fête du saint, pour regagner leur solitude. Sauf quelques moines et quelques clercs, la ville de Carrhes était encore païenne. Néanmoins ces Gentils toléraient volontiers la présence des chrétiens parce qu'ils vénéraient, comme eux, la maison d'Abraham, les tombeaux de Nachor et de Bathuel et autres souvenirs bibliques.

L'évêque, instruit dans les Écritures, répondit à toutes les difficultés de Silvia sur divers passages de la Genèse, où il est question du séjour d'Abraham en Mésopotamie. Il voulut aussi l'accompagner jusqu'au puits où Jacob abreuvait les troupeaux de Laban, et jusqu'à la belle et spacieuse église qui consacrait ce souvenir. Autour de l'église s'élevaient de nombreux monastères qu'elle visita avec

(1) Comme le remarque fort justement M. Gamurrini, il courait de ce document des copies qui, comme celle qu'Eusèbe eut sous les yeux, ne contenaient pas les promesses de Notre-Seigneur touchant Edesse. Mais saint Ephrem fait déjà mention de ce passage. (Gamurrini, p. 64, 68.) On doit observer en outre qu'il n'est fait dans le récit de Silvia aucune allusion à la fameuse image d'Edesse, représentant la face de Notre-Seigneur. (Sur ce point, Cf. Garrucci, *Storia della arte cristiana nei primi otto secoli*, 1, 406.)

(2) Silvia fait ici une distinction entre les moines et ces anciens qui vivent dans la solitude et qu'on appelle ascètes (p. 69). C'est la même distinction, semble-t-il, qu'entre cénobites et anachorètes.

l'évêque, et où elle fut toujours reçue très honorablement. Après avoir satisfait sa dévotion dans les lieux habités par les saints de l'Ancien Testament, dont la Genèse nous raconte l'histoire, Silvia revint à Antioche, où elle resta une semaine avant de reprendre son voyage. A Tarse, elle fit un nouveau crochet pour visiter le *Martyrium* de sainte Thècle, à trois étapes de Tarse, en pleine Isaurie. L'évêque de Séleucie d'Isaurie était un moine, probablement Maximus, disciple et ami de saint Jean Chrysostome. L'église construite à quelque distance de la cité et le tombeau de sainte Thècle, frappèrent Silvia par leur belle architecture; ils étaient entourés d'un mur pour les défendre contre les incursions des Isaures, population sauvage et pillarde, qui ne fut jamais entièrement soumise. Il y avait néanmoins dans le pays un grand nombre de monastères d'hommes et de femmes (1). Silvia eut le bonheur de retrouver à la tête d'un de ces monastères de vierges ou d'apodactites, comme on les nommait dans le pays, une diaconesse du nom de Marthana, d'une grande réputation de sainteté, et qu'elle avait intimement connue à Jérusalem (2). Silvia ne manqua pas, à l'occasion de son pèlerinage, de relire les actes de sainte Thècle. Puis, après deux jours passés dans la compagnie des solitaires et des vierges, elle repartit pour Tarse. De là à Constantinople, le voyage ne présente aucun incident remarquable, et l'auteur ne s'arrête pas à nous le décrire. Elle traversa la chaîne du Taurus, la Cappadoce, la Galatie, la Bithynie, s'arrêta à Chalcédoine, pour visiter le tombeau de sainte Euphémie, et passa le détroit qui la séparait de Constantinople. « Quand j'y fus parvenue, dit-elle, je parcourus les églises, les tombeaux des apôtres et des martyrs, si nombreux dans cette ville, ne cessant de rendre grâces à Jésus Notre-Seigneur, qui a daigné étendre sur moi sa miséricorde. De là, mes chères amies, lumière de mon âme, j'ai voulu vous donner ce gage de mon affection (en vous écrivant). Je voudrais encore, au nom de Jésus-Christ Notre-Seigneur, aller en Asie, et visiter Éphèse pour y prier sur la tombe du saint et bienheureux apôtre Jean. Si la vie m'est conservée, je vous raconterai moi-même de vive voix, avec la permission de Dieu, tout ce que j'aurai vu; ou du moins je vous le manderai par écrit. Pour

(1) C'est la première fois que la *Peregrinatio* mentionne des monastères de femmes.

(2) On ne connaissait jusqu'ici qu'une seule mention de la diaconesse Marthana, faite par Basile de Séleucie.

vous, amies et lumière de mon âme, daignez vous souvenir de moi
pendant ma vie et après ma mort (1). »

Après avoir terminé par ces mots le récit de son voyage, Silvia
reprend la plume pour décrire en détail à ses sœurs la liturgie de
Jérusalem. Cette intéressante narration, sur laquelle nous aurons
l'occasion de revenir plus tard, comprend à elle seule à peu près la
même étendue que le récit qui a précédé.

S'il faut réellement voir Silvia dans l'auteur de la *Peregrinatio*,
nous pouvons compléter par les écrivains du temps l'histoire de ses
dernières années. Rufin, alors à l'apogée de sa gloire, retint sa sœur
à Constantinople pour lui confier l'éducation de la petite-fille d'Abla-
vius, préfet du prétoire, Olympias, qui deviendra diaconesse dans
cette église de Constantinople, sous l'épiscopat de saint Jean Chrysostome. Quelques années après, le 27 novembre 395, la vie de
Rufin se terminait par une de ces tragédies sanglantes, si fréquentes
à la cour de Constantinople (2). Une intrigue de palais, habilement
ourdie par le chef des eunuques, Eutrope, renversa le tout-puissant
ministre d'Arcadius. Entouré par les soldats de Stilicon, au milieu
d'une cérémonie publique, il tomba percé de coups. Sa tête, déta-
chée du tronc, fut promenée au bout d'une pique, tandis que son
corps, déchiré en lambeaux, était foulé aux pieds par une population
ivre de colère, qui voulait faire payer à son cadavre les exactions
et la tyrannie de l'indigne frère de Silvia. On raconte qu'un soldat
coupa cette main qui avait tenu les destinées de l'empire, et alla,
par la ville, quêter de porte en porte, avec ce hideux trophée en
guise de sébile.

L'épouse et la fille de Rufin se réfugièrent dans une église, asile
sacré que devait respecter la haine brutale de la foule. De là elles
purent se retirer à Jérusalem et y terminèrent leur vie; Silvia les y
accompagna sans doute. Nous la retrouvons plus tard en Italie,
auprès de saint Gaudence, évêque de Brescia; elle y mourut quelques années après, et, comme le dit Palladius, de qui nous tenons
la plupart des détails que nous avons donnés sur son histoire,
« telle qu'un oiseau spirituel, elle traversa la nuit de cette vie et
s'envola vers le Christ pour recevoir les récompenses éternelles ».
Gaudence plaça son corps dans le tombeau qu'il s'était préparé
pour lui-même dans l'église appelée l' « Assemblée des saints », à

(1) Gamurrini, p. 75-76.
(2) Amédée Thierry, *Trois ministres des fils de Théodose.*

cause du grand nombre de ses reliques, et c'est là que sa précieuse dépouille attend, avec celles des bienheureux qu'elle honora d'un culte si fervent, la glorieuse résurrection.

Il est à peine besoin, en terminant, d'attirer l'attention du lecteur sur les points si nouveaux et si dignes d'intérêt que nous révèle la *Peregrinatio*. Nous possédons un assez grand nombre de récits de voyages en Terre Sainte depuis le quatrième siècle (1). Mais nous pouvons le dire, parmi ces anciens documents, aucun n'égale en étendue et en valeur celui de Silvia. Témoin oculaire de ce qu'elle raconte, son récit est d'une sincérité absolue et ne vise qu'à reproduire simplement et avec précision ce qu'elle a vu. Les questions de géographie biblique et la topographie des lieux saints si étudiés de nos jours trouveront souvent, comme nous l'avons fait remarquer, une solution dans ses descriptions d'une remarquable exactitude. Sa narration nous permet encore de fixer l'origine des traditions et des légendes qui avaient cours en Orient. Il suffira, pour montrer le parti que l'on peut tirer de ce document, de rappeler que c'est grâce à un récit de même nature, à une indication d'Antonin de Plaisance, que deux voyageurs modernes, MM. Pierre Paris et Charles Diehl, sont parvenus à découvrir et à identifier une des plus précieuses reliques de Notre-Seigneur, la pierre sur laquelle le Christ était couché à Cana (2). Et, sans parler de la question liturgique que nous ne voulons pas aborder pour le moment, que dire au point de vue historique de ce tableau du monde chrétien que trace presque inconsciemment la plume de notre voyageuse, de cette échappée sur l'Orient monastique! Les églises et les monastères s'élèvent partout, et germent en quelque sorte auprès des lieux saints, comme une riche végétation.

Les historiens du quatrième siècle, frappés par le côté extérieur des choses, ne nous ont trop souvent montré que les hérésies, les controverses doctrinales, le conflit des ambitions et des intérêts personnels, les événements politiques qui ont sans doute leur importance, mais qui ne sont pas toute l'histoire. La *Peregrinatio* nous introduit dans un autre monde, celui qu'on ne voit pas ou qu'on ne songe pas à décrire; elle nous révèle une vie de calme, de douce paix et de piété; des mœurs simples, naïves et franches, une

(1) Ces documents ont été réédités récemment par la Société de l'Orient latin, dans l'ouvrage que nous avons cité, *Itinera Hierosolymitana et descriptiones Terræ Sanctæ*. Genève, 1877-1885.

(2) *Bulletin de Correspondance hellénique*, 1885.

hospitalité antique, fondée sur le sentiment de la fraternité chrétienne.

— Ce document occupera donc une place importante parmi ceux du quatrième siècle, et on en tirera le plus grand profit pour l'étude de l'histoire ecclésiastique de cette époque.

PARIS. — E. DE SOTE ET FILS, IMPR., 18, R. DES FOSSÉS-S.-JACQUES.

CPSIA information can be obtained
at www.ICGtesting.com
Printed in the USA
LVHW081924220122
709124LV00011B/268